河出文庫

人生の原則

曾野綾子

河出書房新社

人生の原則 † 目次

第二章　命も財産も運命から「拝借」している

第三章　ほんものの平和には、苦い涙と長年の苦悩がある

第四章　終わりがあればすべて許される

第五章　失意挫折を不運と数えてはいけない

人生の原則

まえがき――現場から教えられた原則

　一九四五年の大東亜戦争の終結以来、ありがたいことに日本は世界でも有数の幸運に恵まれて来た。内戦を体験しなかったのである。資源のない国であることを痛いほど自覚していた勤勉な先輩同輩のおかげで、経済はほぼ右肩あがりを続け、その後も国民の生活がどうやら成り立つ程度の安定を得て来た。日本は、本来はすがすがしい「貧家の秀才」として生きて来たのである。

　その背後には、経済と民主主義を守る根幹である安定した電力の供給を可能にする体制ができていた。戦後の日本の繁栄は、上質の電力の整備の上に成り立っていたと言っても過言ではない。

　私はその同じ時期に、たくさんの日本の優秀な土木屋たちに会った。経済の基礎ができると、彼らは現実を直視しない進歩的な理想主義者たちから、ダムの建設は自然環境の破壊だと非難を受けるようになった。それでも彼らは黙々と、人里離れた山奥の水力発電所の建設現場で働いていた。発電所はそうした世論を受けて、やがてその多くのものが、自然の景観を損なわないためにも、地下に建設されるようになった。その要求は工事の技術の上でかなりむずかしい問題が生じたようだが現場はそれを克服して来た。それが、日本の土木の技術を向上させた面はある。人は常に自分の身にあまる問題を投げかけられて生きる方がいいのかもしれない。

私の仕事は、音声こそたてなかったが、決して控えめなものではなかった。黙ってダムを作る人たちとは違って、一枚の原稿にも署名するのが作家であった。それは自分を売り込むためではなく、書いたものに責任を取るためではあったが、私は自分と正反対の生き方の姿勢——黙して働く人たちの仕事ぶり——にますます反動的に尊敬を抱くようになった。そもそも騒々しい存在というものは、大したものではない、と私は（もちろん自分の作家としてのあり方をも含めて）考えていたのである。

そのようにして隠れた場所で働いて日本を支え続けた人々の生活を、私は少しでも世の中に紹介したいという思いに駆られたのだが、その手の衝動は別に私一人が抱いたものではないだろう。私は他のルポ・ライターや小説家たちが、私が足を踏み入れられない世界を書いてくれるのを、非常に楽しみに読んだものである。

しかし同時に私自身も、作家として許される範囲で、「現場」に出ることをこの半世紀続けて来てしまった。これは今にして言うと、まことに不純な楽しみであり、勉強であった。取材という名目で、人生そのものが展開される場所に立ち入らせてもらうことを、私は深く光栄に思ったが、同時に取材した結果を小説やエッセイに書こうが書かなかろうが、私自身はどちらでもよくなっていたのである。もちろん私はそれぞれの職場の人にとって、現場は聖俗混然とした厳粛な場所だと知っていたから、常に現場の姿を見せてもらった以上、それを書くことで報いたいとは思ったが、実は内心、書かなくても感動を味わえば充分という詐欺師のような心情にもなっていたのである。

ここにおさめられたエッセイは、だからほとんどが、私自身、「人生の現場」に出て行って書いたものである。それらの場所の片隅に立つことを許されたおかげで、「人生の原則」を教えられたことを、今改めて深い感謝と共に思い出している。

二〇一二年初冬

曾野綾子

第一章　人は人、自分は自分としてしか生きられない

ファン気質の危険性
――流行を追いかける人におもしろい個性などない

老いというものが、絶対年齢と共に少しずつやって来るのは事実だが、若くても老いている人と、暦の上の年齢は高齢者でも少しもぼけていない人とがいるのが最近の社会だ。

老人の特徴はいろいろあるが、私が老化の目安にしているのは、「その人が、どれだけ周囲を意識しているか」という点にある。老人になるほど自分勝手になって、周囲のことを気にしない。改札口、道の真ん中、エスカレーターを下りたすぐ近くの空間などで、平気で立ち止まる人もいる。体が利かないから立ち止まらざるを得ないこともあろうし、耳が遠いから、周囲に人がいるという気配も聞こえないのかもしれない。

しかし実は若くてもこういう人がいる。そういう人は多分、この世には実に大勢の人が暮らしていて、それらの人たちに皆それぞれの事情があって生きているのだから、お互いに充分に相手の存在を意識して、譲り合わなければならないのだ、という現実がわからなくなって来ているのである。ほんとうは誰でも一歩自分の家の外に出れば、緊張して外界の状況や変化に備えるようにしていなければならないのだが、その意識のない若者も多くなった。

こういうのを若ぼけ、と言ったら怒られるのかもしれないが、このぼけの年齢が次第次第に低くなっているような気さえする時がある。美容に心を使う人が多くなったので、外見は若くきれいな人が増えたのは事実だが、行動は全く鈍感な利己主義者という人もまた多くなって来たのである。

人間は外界からできるだけたくさん吸収しなければならない。本を読み、人と付き合い、体を動かし、旅行をして見知らぬ町へ行き、初めて複雑な人間になれる。

しかし最近の人たちは、ほとんど外へ出たがらなくなったという。それでも女性の方がまだしも積極的な気質を残しているが、男性にいたっては、家が一番いい、出張はおっくう、外国は嫌い、という人が多くなった。つまり他の人と接触があれば、多かれ少なかれ、危険や抵抗に遭うのだが、それが嫌なのでどこにも出ず誰とも付き合いたがらない。

付き合う時にも人と同じことをして安心するという心理に、私は抵抗を覚えて育った。どんなにおいしいと評判の店でも、たかがラーメンを食べるために三十分も列に並んで待ってようやくテーブルにつけるような店では食べたくはない、と私は思う。ましてや週刊誌や人気番組で取り上げられたような店のラーメンを食べるために、遠くから来ました、などと平気で言うような人は、自分の会社にも雇わないし、友達にもならないだろう、と思う。ただしその人が将来ラーメン屋になろうと思っているなら別だ。

理由は簡単だ。そんな無駄な時間を費やす間に、もっとその人らしい分野で学ぶことがあるだろう、と思うからだ。そして事実、付和雷同、流行を追いかける姿勢の人に、今までおもしろい個性を見たことがないのである。

流行を追うのは恥ずかしいことです、と私は幼い時から母に言われた。自分というものがない、か、自分が極めて弱いから、人のまねをして、人と同じ行動をとりたがるのだ、と母は言うのである。今年はこういう服が流行です、と言われても、それが似合う人と似合わない人とがある。それを見極めない人になってはいけない、と母は言ったのである。

人は自分がしたいことをする時には、はっきりと自分らしい理由を持たねばならない。人がするから、自分もしたい、というのは、理由にはならない、と母は私に戒めた。

私の母がもし生きていたら、私が写真を撮られる時に、指でピースサインを出すのを決して許さなかったろうと思う。最近の若者の写真はどれも蟹のようなピースサインを出している。若くして気の毒に殺された女性の写真など、百パーセントに近くピースサインを出しているものだ。

多くの子供たちは、あのピースサインの歴史的な意味も知らない。ピースというのは、平和という意味だと知っている子供は何パーセントいるか。その平和について、親や教師から、真実をはっきり教えられた子が、どれだけいるか。

平和は皆が望めば平和になる、という手の安易なものではない。平和をとことん追求した人は、ガンジーのように殺されることをもまた、受容しなければならない。殺されることはあっても殺さない、とはっきり覚悟している人がほんとうの平和主義者なのだが、そこまで現実を認識している人はごく少数だろう。

　穏やかに考えても、平和とは、自分を与えることだ。金でも労力でも食事でも、できるだけのものを他者に与えることのできる人が平和の実行者である。

「国家が何とかするだろう」とか、「そんな人を放置するのは、社会が悪いからで、個人が救えるものではないです」、などと言わずに、慈悲と同情の気持ちで、とにかく自分を与えることがその第一歩である。その決意もなしに、蟹の鋏みたいなポーズを取ればそれが平和の決意だと思うような、そんないい加減なことはいけないぞ、と、親や教師は長い年月の間になぜはっきり教えなかったのか不思議に思う。

　人が行く方向へ自分も行く、ということはかなり無謀な恐ろしいことなのである。観念だけではない。個々の事件を記憶しているわけではないが、今までにいくつも、世界でも日本でも、人込みの場所を求めて行き、踏み殺される事件が起きた。どれも、宗教的行事のためとか、花火とか、遊園地とか、何かのイベントとかを見ようとした結果である。

　もちろん人は犯罪的行為でない限り、何をしても自由だ。しかし少なくとも、たくさんの人がするようなことを追いかけるのは、よしなさい、と私が母親だったら言うだろう。

最近では、野球の斎藤佑樹選手を一目見ようと野球場に集まるというような行為を、私はしなかったし、自分の子供にも許さなかったと思う。こういう行為を野次馬根性というのである。とにかく人の心理や行動に自分も流される性格の結果である。こうしたファン気質ほど不毛のものはない。斎藤選手と、自分は何の関係もないのである。選手は、ファンの皆様のご声援で優勝しました、というようなことを言うかもしれないが、それは全くお世辞というものである。斎藤選手の言動を、自分の生き方のお手本にするということも実は大してないだろう。ごひいきの選手が礼儀正しいから、ああいうふうに振る舞おうと思う人がないとは言えないが、多くは名声と収入に憧れるだけである。

誰もファン気質というものに関する危険性を口にしない。ファンとしての行為に熱中するということは、たとえば、万引きをするとか、放火をするというようなこととは違って積極的な悪ではない。さらにスポーツがらみだったりすると、それだけで悪くないような印象さえある。しかしそれは一つの幻想だ。人はスポーツの観戦で、勉強に使える時間を失っている。自分でするスポーツなら、自分の体を作る。

しかし見るスポーツは大した意味がない。むしろ勉強の時間を失うのである。

自分のひいきにしている人や選手がいい成績を上げたり優勝したりすると、それを応援した自分もまたことをなし遂げたような気分になる。こういう心理がその人をむしばむとは、親も先生も言わない。何度も言うことだが、どんなに応援しようとも、斎藤選手と或るファンの間には何の関係もないのである。

老人が、家族の迷惑もわきまえず、自分の希望に固執したり、見当違いな認識を捨てないのは、周囲の人間関係を見る力をもはや失っているからだ。つまり自己防衛の本能からか、極度の利己主義になっているのである。自分がいくらお金を使ってもいいのか、今のような生活をすれば誰に迷惑をかけるのか、周囲の人々の生活を視野に入れて常に総合的にものを考える、という力がなくなるからである。しかしファンの対象と自分をほとんど同化させる若者も、やはり自分の立場を認識していないという点で、若いのに思考はぼけているのである。

私たちは人の中で生き、人に育てられる。もちろん人から迷惑を受けることもあるが、その挫折がまた私たちを育てる。こうした反応が全くないのが、ヴァーチャルな関係だ。ブログだの、チャットだの、フェイスブックだのの知識と関係に浸って暮らす生活からは、今に全く麻薬患者と同じタイプの、荒廃した心情の人間が生まれるだろう。

考えてみれば、肉体的労働というものには、すべて相手があり、厳しい現実があり、それによって人間を作り作られる健全さを残している。若者も老人も、できるだけ外へ出て、この現世と人々に触れなければならない。

かつて若者は冒険から人生を考えた。老人はもういつ死んでもいい、というこの上ない貴重な自由を手にしている。自分に与えられているものの価値を知って、それを充分に使うことだろう。

所を得る
――ものを手放す情熱には、ものを生かしたいという思いがある

私は子供の頃、少しもきちんと整理のできる小学生ではなかった。

自分の居室で、ものを片づけることなど考えたこともない。もっとも今ほど、子供部屋にもものは多くなかったが、私の家には戦前にはお手伝いさんがいたから、適当に片づけておいてくれたのだろう。

結婚して、親の家に同居ではあったが、一応自分の小さな家庭を経営していかなくてはならなくなっても、私は駆け出しの作家生活を始めていて、いささかの原稿収入はあったものの、当時は書くだけでエネルギーを使い果たし、ほかのことに時間も気力も使えなかった。今度は母が適当に、家の中で散らかっているものを始末しておいてくれた。母は私と違って料理も裁縫も達者な人で、度の過ぎた潔癖症だ

と思われるくらい、掃除もゆき届いていた。

いつ頃から、私の性格が変わったのか私にはわからない。そうなったのは母が亡くなった後の、五十代のいつかだったような気がする。私は突然と言いたいほど、整理が好きになりうまくなった。

一般的に作家は、片づいていない書斎を持っているような印象を与えられている。床の上まで乱雑に積み上げられた本は、その作家の読書量の凄まじさを思わせ、その光景が雑誌のグラビアなどで紹介されれば、一種の畏敬の念を読む人に与える。しかもその乱雑な書斎の主が「どんなに散らかっていても、欲しい本はどこにあるかちゃんとわかっている」というような談話を口にすれば、いよいよその人の頭脳は神秘的に思えるものである。

私は探している本が、どの「山脈」のどこに埋もれているかてんで覚えられない。ただ左右どちらのページのどの辺に出ていた、ということは、不思議とよく覚えている。これは私に限らず、資料を使う人たちに共通に備わっている一種独特の記憶であるようだ。

母は八十三歳で亡くなるずっと以前に脳軟化の兆候があり、それ以来少しずつ知的活動の量が落ちていた。初め私は、きりきりと頭の働く母が生きながら死んで行き、同じ顔をした亡骸（なきがら）がそのまま生きているような奇妙な感覚に苦しんだが、次第にそれは母に与えられた最後の安らぎだと思うようになった。人一倍心配性だった母は、もう少しも心配しなくなっていた。私が重大な眼の手術を受けた時も、気にかける気配は見せなかった。

そのあたりで私はやっと、母という偉大な主婦がいなくなったことも自覚したのだろう。何とかして自分一人で家を切り回して行かねばならなくなったのだと思うようになった。家の整理から食事作りまで、すべての責任が私の肩にかかって来たのだが、それは五十歳に近くなってからだから、ほんとうは甘える時間は長過ぎたのである。

その頃から、私は突然、整理魔になった。初めにはっきりしておかねばならないのは、整理魔的性格になることは、完全な整理ができるようになるということではない。私は毎日のように原稿の締め切りを抱えていたので、原稿を書くことの方をいつも優先して考えていた。と言うか、その頃から、仕事の優先順位ということをいつも考えるようになったのである。

すべてのことを同時に果たせるわけではない。だからどれから始めても、大切な順序で仕事を片づけるほかはない。家事は私の家の中のこと。しかし引き受けた原稿を書くということは、社会的な責任のうちに入る。もっともこれさえこの世の中では比較的軽い責任で、私のエッセイや小説が雑誌の締め切りに間に合わなくても、誰もほとんど困らない。ただ私の係の編集者が、やはり少しは編集長にモンクを言われて不愉快な思いをしなければならないだけである。そういうことはすべて知りながら私は一応、公的な約束が優先、家庭内のことは後回し、という順序を変えていなかった。

私は整理が、時間の短縮になるということをしみじみ自覚し始めていた。資料にほしい本の探し物だって、最低限、その本の判型、つまり雑誌か文庫か新書かということさえ記憶していれば、文庫なら文庫の棚を探せば見つかり易い。

私は時々、腰痛が出ることもあった。すると身をかがめて本の山脈の中から、お目当ての一冊を掘り出すということも、次第に辛くなって来た。さらに私は六十四歳と七十四歳で、両足首を一本ずつ折った。多分私の骨格上に生まれながらの設計ミスがあるのである。手術を受けて治っていても足首は固くなる。ますます探し物がいやになった。

老眼がかかると、別の意味で、字が見えなくて困ると嘆いている人もいる。同じようなタッパーに入れたおかずの区別がわからなくなるのだそうだ。

私は同類で分類する方法を厳重に守るようにした。お茶の類は、ポットと一緒に、同じ棚に入れる。味の違う紅茶類、ハーブティーの類、コーヒーは挽いた粉もインスタントも、とにかく同じ棚に入れておけば、探す手間がかからない。

我が家の朝食は気ままなものだ。パンにジャム、バター、チーズ、ソーセージなどを食べる日もあれば、残り物のご飯を始末してしまうためにお粥にする時もある。そういう日には、佃煮の海苔、雲丹（うに）、古漬け、わさび漬け、などお粥向きのおかずが欲しい。

私はパンの日に要るものと、お粥を食べる日に欲しいものとを、それぞれ別のプラスチック・ケースに入れて冷蔵庫にしまうことにした。今日はお粥と決めれば、お粥用のプラスチック・ケースを引きずり出せばいいのである。そうしておけば、「昆布の佃煮がどこかにあったはずよ」などと腹立たしく思いながら探しまわらなくて済む。

私は買って来た品物の整理は、すべて当日にすることにした。もちろん建前と現実は常に少しずつずれることはある。衣類の始末は、一週間も引き延ばす。服は腐らないからいいのだ、と私は言い訳を用意している。どんな時でも律儀にすることは、洗濯と、食材の始末で、決して翌日に延ばさない。とにかく残り物の野菜はスープに煮ておけば、明日、おいしく食べられる。豚肉は明日までほうっておいて味を悪くするよりは、素早く甘口のお味噌につけておけば、数日間は、いつでもおかずの出番として安心しておいておける。

いつのまにか我が家の冷蔵庫はいつでも片づいているようになった。ドアを開けると、中のものが落ちてくるような家もあるというが、我が家の冷蔵庫はたいていがらがらで、奥の壁が見えている。私は戦争中の貧しい暮らしを知っている世代だから、戦後間もなくだったら、こういう冷蔵庫を他人に見られたら「お宅は貧しいのね」と言われるところだと思う。

私は今、ものを捨てることにも情熱がある。

亡くなった母は、死後、寝間着代わりの浴衣とウールの着物が数枚、私が「他人にあげちゃだめよ」と言っておいた紬(つむぎ)一枚（これは自分が着るつもりだった）、帯が一、二本、病院へ行く時のための草履をたった一足だけしか残さなかった。ましなものは早々と姪や他人にあげてしまっていたからである。私は母の遺品の始末をするのに、文字通り半日しかかからなかった。それは人が世を去るに当たっての最大の礼儀のように私には思えた。

私は母のようにはとてもいかない。しかし死後にものを残さないことで、残された家族に手間をかけさせまいとする気分は、日々強い。人からもらった手紙、手書き原稿はあらかた焼いた。写真もどんどん捨てている。曾孫が「ひいおばあちゃんってどんな人だったの？」と聞いた時に、それに答える写真がほんとうは十枚もあればいいのである。

不思議なことだが、ものを手放す情熱の背後にあるのは、ものを充分に生かしたいという思いである。

時々おいしいものを贈り物としてもらう。台所の一隅に椅子があり、家人や秘書は届けられた贈り物をその上に置く。私はルールを作って、夕方までにはそれをきちんと分けるようにしている。うちで頂くものは冷凍庫や冷蔵庫に、多すぎる分は秘書に持たせる。これをやらないと、贈り物は翌日まで包装も解かずに、そのままの姿で椅子の上に置かれたままになる。しかしすべてのものは、新しいうちに喜ぶ人の元に行くことがいいのである。それに椅子は物置台ではない、と私は言う。人でもものでも、それが一番喜ばれる場所、生きる空間に行かせてやりたい。家の片隅に、使われもせず喜ばれもせずに放置されるなんて悲しいことに、私は耐えられない。食べ物の場合ならなおさら、新しい状態のものを人にも届けておいしいと言ってほしい。

所を得る、という言葉がある。私は数学もできず、絵を描くことも不得手、音楽の耳もなかった。しかし文章だけは書けたから、どうにか作家として書き続けて来られた。つまり所を得させてもらったのである。

現実の重さ
——実人生の手応えは重く、決して人を甘やかさない

衛星放送というものを見るようになってから、私は夜遅く、もう読書をしようにも眼が疲れて困るというような時に、今まで見なかったおもしろいテレビ番組を見る習慣ができた。

その中でも好きなのは、動物の習性を見せてくれる番組である。アフリカの肉食獣はその本性として、他の動物を追いかけて捕まえ、首に噛みついて窒息死させてから食べるようになっているものが多いという。

最近のテレビの撮影技術は、まるで私が実際に象やライオンの二、三メートル近くにいるような錯覚を与えてくれる。事実、チータなどの中には、撮影用の四駆の屋根の上にまで平気で上がるほど人馴れした（文明馴れした）ものもいるらしく、

私はあまりにも人間が野生の中に踏み込み過ぎて、彼らの自然な聖域を犯しているのではないか、と考えることもある。

しかし爬虫類でも、昆虫でも、人間に教えるところは実に多い。それは彼らの生き方が自足している、という実態である。

「自足」とは、自分が必要とするものを、自分で取ってくることであり、やたらに欲しがらないことでもある。

ライオンは、お腹が空けば、自分で狩りをするほかはない。ライオンは牝（めす）が狩りをする。シマウマやレイヨウなどに風下から近づいて、一気に襲って相手を仕留めるには牝の細い体型が有利なのである。牡（おす）の大きなたてがみは、草の中に身を沈めても目立ってしまうから狩りには不向きで、牝が獲物を仕留めると、後から牡が出て行って真っ先にご馳走を食べるというのが習性らしい。

こういう仕組みは、別に心がけの問題ではない。心優しいライオンは、レイヨウを食べずに草を食べるというわけではないのである。自然は、このように残酷な姿を原型として留めながら流転している。

人間も動物である。生きるためには、さまざまなものを奪わなければならない。

動物の命を奪わないために、インドにはたくさんの菜食主義者がいる。豆のスープとかオクラのカレーのようなものだけを食べ、ミルクは飲むけれど卵も食べない、という人たちである。菜食主義者は、ヒンドゥの身分制度で、最高の僧族に属する人が多い。

ミルクを飲むのは、つまり彼らにとって残酷なこととは思われないからなのだろう。しかしそれも感覚の問題で、エジプトの昔の壁画の彫刻には、人間に乳を飲まれて泣いている母牛の図があった。牛は多分涙を流して泣きはしないから、古代エジプト人は、人間の心で、乳を子牛から奪って飲むのはむごいと感じて、それを表現したのである。

生きるためには、みんな死に物狂いだ。命を的に戦い、或いは厳しい労働をし、奪い、他人の痛みなどものともせず、自分を守るほかはない。私はそれを見習えというのではない。人の命を奪わなくても自分が生きられる制度を作ったのが人間の文明である。しかしその動物的本能の存在まで否定することは、虚偽的である。

最近の若者たちは、国際派と国内派に分かれるという。昔の若者たちは、ほとんどが外国に行きたがった。これが国際派である。外国には日本にないものがたくさんあったから、それを見に行きたかったのである。しかし今多くの若者たちは、この心地よく暮らせる日本を離れて、外国になど行きたくないと言う。これが国内派である。

昔、多くの若者たちが、外国へ行って『何でも見てやろう』とか『地球の歩き方』を覚えようとしたのは、なかなか外国に行かれなかったから、行きたかったのかもしれない。今に比べると日本は貧乏で、外貨の準備高も少なかった。終戦後長い年月、一ドルは三百六十円もして、しかも日本人はまだ、自動車も冷房機も、買えない状態だったから、そんな高い外貨を持ってアメリカなどに行ける人は数えるほどしかいなかった。

しかし今の青年たちは、何もアメリカへ行くことはない。アメリカにあるものは、ハンバーガーでもピッツァでも、スポーツカーでもゲーム機でも、何でも同じように日本にある、と思っている。

ほんとうはそうではないのだ。世界は広くて、日本人には想像もできないような歪んだ現実がある。外国の富は、日本人の金持ちしか見たことのない我々の想像外である。今でも、奴隷売買も、強制労働も、誘拐した幼児から臓器を奪う商売も、世界の流れの中では、決してなくなっていないという。一見開けて秩序あるヨーロッパなどの文明国家の中にも、厳しい人種・階級差別が歴然として残っている。それを、日本人は知らず感じないだけのことなのである。

そういう現実を知ってか知らずか、日本人は穏やかな日本を離れて、わざわざ苦労して、犯罪も多く言葉も通じない外国に行く必要はない、と考える。ぬるま湯の中に浸かっているような穏やかな生活の中で、日本人は自分は貧困だと言い、人権や人道をうたうのである。

日本人にとって、すべての不幸はガラス越しなのだ。「かわいそうねぇ」と同情する方は、何の痛みも、寒さも、空腹も感じない。

私は幼稚園からキリスト教の学校に入れられたので、クリスマスというのは、半日、断食をするという厳しい行事をする日だった。

日本の子供たちは、クリスマスにはサンタクロースや両親から何かをもらうものだと思っているが、私たちは、クリスマスには、自分の身辺の貧しい家族に何かを贈る日だと、外国人の修道女に教わった。それも自分の家に有り余っている何かをあげるのではなく、その日だけは、温かいスープを自分の家で飲むのは止めて、その中身を鍋ごと、近所の貧しい家庭に届ける。或いは昔のことだから、家には暖炉があって、普段の日にはそこに赤々と薪を燃やしているのだが、クリスマスの日だけはそれを止めて、自分たちは寒い思いをし、その日焚く分の薪を、普段は凍えている家族に届けるのが、ほんとうのクリスマスだと習ったのである。

日本では、そんな相手もなく、しかも突然スープや薪など持ち込まれたら、相手の自尊心を傷つけるかもしれないから、何もしないのだが、少なくとも私たちは、金で買えるケーキをぶら下げて家に帰ったり、お酒を飲んでドンチャン騒ぎをするのがクリスマスなのではなく、むしろその日はずっと静かに禁欲的に、得られるはずの贅沢や幸福を人と分け合う日だと習ったのである。

たった一食、ほとんどご飯を食べないだけでも、クリスマス・イヴの私はずいぶん緊張していた。今は、二日や三日食べないでも大したことはない、と思える。二〇一〇年のハイチの大地震では、少なくとも十日以上生き埋めになっても生きていた人が数人はいたのである。

テレビゲームでは、人間は何でも可能である。スパイや、泥棒や、大統領や、赤ん坊や、妖精になること、すべてができる。したがって空を飛ぶことも、ビルからビルへ飛び移ることも、ジェット機に追いつくことも、エベレストに登ることも、地底に潜ることも、ワニのお腹の中を旅行することも、何でもできるのである。しかも何をやっても命の危険はなく、暑くも寒くもなく、空腹も喉の渇きを覚えることもなく、背中に背負った食料や必需品の重さで肩が痛むこともなく、ちょっとした疲労さえない。食事の時間になれば、自分のうちの食卓に向かうことができるのだし、夜になれば、寝馴れた布団の中に潜り込むこともできる。

国内派というのは、つまり現実回避派、ヴァーチャル・リアリティー派ということだ。現実がないというより、現実を避けている。だからいくらでも人道主義的理想に燃えることができる。現代の日本で、それが最も卑怯な若者たちの姿なのではないかと思う。一時代前から、ニートとかフリーターとか呼ばれる人たちが生まれたのも、そうした空気を感じたからである。彼らはつまりヴァーチャル・リアリティーとリアリティーの中間点を見つけようとしたのかもしれない。つまり好きな時に、好きなだけ働くことができれば、それは先進国では、きちんとした勤労者と認められるはずだ、ということだったのだろう。ところがほんとうの労働の成果は、自分のしたくない時でも、嫌な思いに耐えつつ、継続して働くうちに、そこに到達するものなのだ。

若者が、ヴァーチャル・リアリティーのお手軽な呪縛から逃れて、現実の苦い人生を味わう勇気を果たして持つか。実人生の手応えは重い。それは決して人を甘やかさない。ただその分、達成した時の豊かな味わいは、ヴァーチャルな世界では味わえない重厚さと密度を持つ。そこに気がついてくれることを願うばかりだ。

実のある会話
——人は人、自分は自分としてしか生きられない

知人が来て、彼の勤め先の空気が、ほんとうに暗い、と言う。

「暗いってどういうふうに？」

と私は尋ねた。

「誰も何もしゃべらないんですよ。ただ連絡とかそういう当たり障りのないことだけで……だから何を考えてるんだか、全然わかんない……」

それではつまらないだろうな、と私は思った。私の家では、可もなく不可もないようなことは誰も言わない。賛成する時は、はっきり賛成。どちらでもない時は、まだわからない、という言い方をする。私は気が短い方だから、このことがよかったか、悪かったか、どうしてもはっきり言ってしまう。ただし、言葉ができるだけ

荒くならないように、その結果の不愉快な思いを決して長引かせないようには注意はしているけれど。その反対に助けられた時には、心から感謝する。自分の素質になかったことを補完してくれる人というものは、家族にも世間にも身近にも、必ずいるものである。知らない知識を教えてもらうことはざらだし、私が怠慢から忘れていたことを補ってくれたりするとほんとうに助かる。お礼を言うことは楽しい仕事だ。

しかし確かに世間には、私のような考え方は非常識人間が口にすることだと思う人もいるらしい。

まだ若い時、私はただ或る現実として「うちは夫婦共、ゴルフというものをしないんです」と言った。厳密に言うと、実は私の人生で三十分間だけ練習場で球を打たせてもらったことはある。しかしそれだけで、私の手は震えが止まらなくなった。手の一定の筋肉だけにばかな力をかけたからだ、とゴルフの上手な人に笑われた。しかしことは深刻だった。当時はまだ万年筆で原稿を書いていたので、手の震えで書けなくなったのである。私は諦めだけはいい方なので、ゴルフは多分職業上差し障りのある娯楽なのだと思い、それ以来このスポーツとは無縁になったのである。

もっともこれは間違いで、文壇の花形作家の中にはゴルフの好きな人がたくさんいたのである。

だからゴルフをしないというのは、全く単純な事実だったのだが、私の言葉を聞いた相手はにこやかな顔で「ご冗談を」と言った。

こういう言い方ほど私を困らせるものはなかった。察するに、相手はゴルフをするのが上等な暮らし方で、「しない人間が、インテリと言われている人種の中にいるわけがない」と思い込んでいるようだった。

私の家庭は、若い時から夫婦共稼ぎだったし、私も二十三歳の時から少し原稿が売れたので、戦中、戦後の子供時代を除いては、それほど貧しい暮らしはしないで済んで来た。夫婦共、親から遺産めいたものの相続を全くしていないので、すべて自分で経済を成り立たせて来た。ゴルフも望めば、どこかのゴルフ場に会員権を買って楽しむこともできたかもしれない。しかし私の家族は誰もが他人の言う「金持ち風の生活」が好きではなかった。

夫も「ゴルフをすれば歩くから健康にいいですよ」と人に言われながら、終生ゴルフをしなかった。ゴルフ場なんて決まり切った所を歩いていては人の生活も見えない。町なら一本違う通りを歩くだけで別の光景が見える。思いがけない発見もある。それに、町を歩くことにはお金もかからない、というのがその理由だった。精神がケチだったのである。

私の一家は、皆少し型破りだった。

息子はけっこうスポーツマンだったのだが、まだ高校生の頃、私の知人の一人が東京でも名門のテニスクラブの会員の席が一人分空いたから申し込んでみたら、と言ってくれた。そこの会員になることは、或る種の人たちの憧れの的だった。そうすれば財界や政界の有名な家族と親しくなれるかもしれないし、そこの会員だというだけでエリートだと思ってもらえる空気もあるらしかった。

息子と違って、私は実はスポーツというものを何一つしない。自分がプレイをしないだけではなく、スポーツをテレビで見ることもしない。球団の選手の名前も知らない。知っていた方が人生の楽しさは倍加するのだろうが、私には別におもしろいと思う世界があるのでそれで手いっぱいだったのである。

私はテニスクラブの会員権の話を一応息子に伝えた。すると息子は果たして「僕はそういうところには入らないよ」と言った。

「それにテニスなんて、空き地に紐張れば、どこでだってできるんだよ」

それはつまり、私たちがトーナメントで見るあのすさまじいテクニックを要するテニスのことではないだろう。確かに紐一本でテニス風の遊びはできる。私がよく行くアフリカの田舎では、紐や古毛糸を丸めて作ったボールでサッカーをやっている。いずれにせよ息子の考えるスポーツは、徹底したアマチュアのスポーツであった。

この息子は、父親が昔の中学の同級生から大型のヨットを共同で買わないか、と言われた時も「親父さんが買いたいなら買えばいいと思うけど、僕は乗らないよ。大勢のクルーがないと動かないヨットなんて要らないんだ。ヨット買うなら、ディンギーがいいよ」と答えたのである。

ディンギーというのは小型のヨットで、遭難した人が助けが来るまで摑まって浮かんでいる板とそっくりだが、多分操船の基本を覚えるには、一番いいものだろう。

つまり息子は徹底して豪華なもの、ブルジョワ的なものを避ける性格であった。それは決して円満な性格を表してはいないのだが、私はそれなりに彼らしい、と思うことにした。

私は贅沢もするし、節約して暮らす面もある。海の傍に別荘用の土地を買ったのは四十年前であった。長い年月をかけて手を入れ、植えて置いた椰子は高さも十メートルを超えたし、南方の木も植え、花も作るようになった。同時に畑も整備してタマネギやえんどう豆やイモを植え、採れた野菜を自分で料理して食べている。それが私にとっては最高の贅沢なのである。

人は人、自分は自分としてしか生きられない。それが人間の運命だろう。個別の人としてこの世に生を受けた以上、人間は一人一人違っていて当然だ。無理して違わせることはないが、遺伝子が違うのだから好みも違って当たり前であろう。

人がするから自分も同じようにする、ということを、私は息子に許さなかった。友達がマンガ本を読んでいるからボクも、という要求はいけない。友達が持っていて、自分にはないものもあるだろうが、友達は持っていなくて、自分には与えられているものもあるだろう。だから違いを言い立ててはいけない。

この認識を確立することだけが、人の幸福を左右するように思う。

どんな小さなことでもいい。自分の選択と責任において、背伸びしなければ、自分のできそうな仕事に就くことは、多くの場合可能である。私が子供の時から親しんで来た聖書には「働きたくない者は食べてはならない」とある。「キリスト教は冷たいんですね」と言う人がいるが、病気や障害で「働けない人」にまで働かないなら食べてはならない、と言っているのではないのだ。「働きたくない人」が食べてはならない、というのは当然のことだと私は思っている。

どこの途上国でも、人々は文字通り背を曲げて一生懸命働いて暮らしている。食事が悪いのに労働がきついのでやせ細り、結核患者が今でも多い国もある。農民や、人力車夫などの痩せ方を見ていると、気の毒でならない。

日本で、雨の漏らないお湯の出る家に暮らす親たちは、ひきこもりの成人した息子がうちでごろごろしていても、どうやら食べさせるくらいのことならできるのである。だから若者の方でも、働かなくても飢え死にすることはない、と甘く考えている。

しかし人が生きるということは、働いて暮らすことなのだ。中国やソ連など、社会主義の思想の強かった国では、自分で仕事を選ぶこともできなかった。党や国家が決めたのだ。しかし日本では、何とか頑張れば自分が好きな職業に就ける場合が多い。幸せなことだ。

問題は好きな仕事というものがない人と、長年、同じ仕事を辛抱して続ける気力に欠ける人たちが、けっこういるらしいということである。何事も長い修業時代が要る。小説家の生活もそうだった。何年経ったら、作家になれるという保証はどこにもない。失業保険もない。時間外手当てもつかない。それでも好きだから下積みを続けた。人と同じことを求めていては自分の道は見つからない、ということだけははっきりしていたのである。

正義の観念
——人も品物も同様、使い方を知れば生き、任務も果たす

最近、事業仕分けということが世間の人気を集めている。政府の支出から無駄を省こうということだ。

この基本概念には誰も反対しないだろう。私の体験を通した実感によれば、政治家や役人は、億、兆という単位のお金を扱っているうちに、次第に感覚が麻痺して、一億円などというお金はまるで千円札と同じだと思うようになるらしい。政府の高官だった人には、日常的な金銭感覚がないことに何度も驚かされたことがある。

その点女性は、生活者としてまともなお金に対する感覚を残している場合が多い。私のようにほとんどすべての食材を自分で買いに行っていると、大根一本の値段が百円を切るか切らないかも知っているから、人のであろうと、荒っぽいお金の使い

方などできなくなるのである。

男性が政治の方向を決める場合が多い社会では、だから冗費を省くという作業が必要になって来る。第一、役人はすべてできるだけ大きい額の予算を要求し、それを使い切るのが仕事で、何かを安く効果的に使おうなどという機能はその中に含まれていない。

どの組織も会社も、内部仕分けをするのは当然だ。しかしそれは、組織や会社の成り立ちのすべてを知っている人たちが自らすればいいことであって、外側からの監査で粗探しをされて修正すべきことでは本来ないはずである。

この事業が必要かどうかを決めるというのは、実は想像以上にむずかしいことだ。もちろん営利会社であれば、判断の最初の基準は、それで利潤が出ているかどうかということだ。営利会社なら、儲けなければならないのである。赤字でも存在意義があるなどということはない。

赤字の場合は赤字の要素をなくして行くのが大きな課題である。営利を目的としない財団などの組織でも、それなりの眼に見える効果が長年確認できない時は、その存在自体を取り消されても仕方がない場合もある。

ここのところ、素人の私にもおもしろいのは、農道の整備廃止、八ッ場ダム建設中止、などをどう考えるか、という問題だ。

農道については、私自身もずっと前からおかしいと思っていた点はある。私は四十年前から、神奈川県の海の傍の土地に週末を過ごす家を建ててそこで執筆もしているわけだが、そこは農地の只中である。私が最初にびっくりしたのは、農道と思われる道がすべて舗装されていることだった。

農道と一般道路との目的の区別が、現在はっきりしないので、中央で廃止が決まった農道でも地方自治体の解釈によって、自治体のお金で工事が続いているものが多いのだという。そうだろう。農道であれ、何道であれ、道というものはどこかに続いてこそ、道の機能を有するのだから、仕分けの結果で道路整備を途中で止めることは必ずしも賢いことではないのである。作りかけたものだけは、多分それまでにかかった費用のことも考えて、繋がるまで完成すべきなのだ。

私が農道の整備に関して疑問を持ったのは、そういうことではない。農道がすべて舗装されることに対してであった。農業用道路まで舗装する必要はないだろうに、まるで都会の住宅地のように舗装をしたのである。

農道は昔は土の道であった。だから農家の人たちは、大根やキャベツを収穫して、朽葉があれば、それをその場で切り落として、土の農道に捨てた。こうした行為は、何の問題も起こさなかった。大根やキャベツの葉っぱはすぐに腐って、土の道にきれいに吸収されたからだった。

しかし舗装された農道でも、農家の人たちは以前と同じやり方をした。その場で舗装道路の路面に捨てられた葉っぱは腐って嫌なにおいを立て、薄汚く滑り易い状態になった。道の形態が全く違って来たなら、扱いも変えなくてはならないのに、人々はそれができなかったのである。

舗装しない昔の農道は、それを使う人たちの生活を反映して健全なものであった。しかし都会の道が舗装されているから、うちの村の道も舗装すべきだというおかしな平等の考え方の結果としか思えないものが、農道をおかしくしたのである。農家の自家用車か耕運機しかほとんど通らない道と、乗用車が百パーセントに近い都会の道とは、明らかに違う作り方をして当然なのだ。

ダムの廃止もマニフェストにあるから、即刻建設中止だ、という政治的判断ほど、政治家の未熟さを見せつけるものはない。なくても済むと、或る時期に、一部の人が思うダムの建設計画は、今後も出て来るかもしれない。その場合方策はたった一つだ。現在作りかけたものは、これに限り完成させ、次のものからは厳密に着手しないのが、人間の知恵というものだろう。ダムの目的がゼロということはない。今でも始終前代未聞の集中豪雨が記録されるような時には、ダムは必ず調整池としての役目を果たす。「かつてなかったほどの災害」というものは常にあるので、それに備えるのが、政治の力だからである。

事業仕分けには、次の段階の配慮が要る。つまりどんなにそれが不必要なものでも、即座に予算を切って中止することだけは、避けた方がいいということだ。どの組織にも、そこで働いている人たちがいる。即刻廃止したら、その人たちの家族は路頭に迷う場合もある。それはいけない。どんな人にも、運命の変化に対処する時間、立ち直る時間をできたら与えるべきだ。少なくとも三年くらいの時間の余裕を持って、相手に閉鎖を通告すれば、そこで穏やかな解決の方法が見つかることもある。

私は実は誰の人生も欠け茶碗だと思っている。健康、能力、性格など、問題を持たない人はいないのだ。

昔から欠け茶碗の一個や二個は、必ず庶民の台所にあるものだった。よく見ると、大きな罅が入っていたりするが、長年使っているので、ご飯の糊で補強されているのか、辛うじて割れないでいる茶碗である。

とにかく長年見馴れた懐かしい品だし、今日まで保って来たのだから、今すぐに捨てなくてもいいだろう。ただ欠け茶碗は決して荒々しく扱えない。ていねいに扱えば、何とか命長らえることもある代物である。

人も品物も同じだ。使い方を知れば、最後まで生きる。ささやかながら任務も果たす。この手の配慮ができる能力を、人間の「うまみ」と言うのである。うまみのある柔らかな人間になることが私の終の目的なのだが、それこそ至難の業でもある。うまみは、観測用の計器で測ることも教えることもできない。それは、人間が自由にできそうに見える可能性の多くの部分をも、神か仏かが直接統べられる領域として、お返しする謙虚な気持ちがないと生じないものだからだ。

相手の心は全部わかる、と思う時にもうまみは出ない。相手にとってこれはいいことだという信念を無理やりに行使しても、うまみは逃げて行く。自分は正義の人だ、と感じる時にもうまみは薄れる。

私は実に遅まきながら三十代から新約聖書の勉強を始めたのだが、途中でいくつか眼が覚めるほどの発見をした。その一つが「正義などというものは、実は胡乱(うろん)なものである」ということだった。

現代は正義がもてはやされる時代だ。誰もが自分は正義の人だということを、自らも信じ、他人にも知らせたくてたまらない。しかし現代の人の言う正義などという観念は、実に薄汚いものだ、と外国では言っている学者がいる。

聖書における正義の観念とは何か。それは少数民族が平等に遇せられることでもない。裁判で冤罪が放置されるのを防ぐということでもない。正義は、人知れず、人間が神の「道具」として、神の意志のために働ける関係を言うのである。その神と人間との「折り目正しい関係」だけが正義である。したがって正義は人間社会の中で、他者の眼を意識した水平感覚で見えて来るものではない。それは神と人との間だけに存在する、垂直的な関係なのである。

だから、世間があの人のすることはすばらしいと言っても、実は神の眼からは、全くの売名行為ということもある。つまりその人の正義が現世での自己主張や名誉を目指している時である。反対に、あの人のしたことは、社会の悪だと糾弾されても、実は神の前にはそれこそが忠誠の証であることもある。だから正義を、人に見せびらかすような形で云々することも、むしろ浅ましい行為だ、という羞恥も私は習ったのである。

　こうして考えてみると、事業仕分けなどというものは、人間の謙虚なうまみなしには、とうてい効果を発揮しないものなのだろう。

平常心への憧れ
——善人もまた悪人と同じように災難に遭う

　私の息子たち夫婦は関西に住んでいて、一九九五年の阪神・淡路大震災にも遭ったのだが、その時の話でおかしなものがある。

　震災の前夜、息子夫婦は焼き肉屋に行った。どうも食べ放題を売り物にするお手軽な店だったらしいが、そこで奇妙なことが起きたのである。

　話を伝えたのは息子のお嫁さんである。彼女は観察眼も正しいし、何よりユーモアがある。癖のある夫に困らされながら、それにいささかの客観性をまぶしておもしろおかしく私たちに報告する技術がある。

　彼女の話によれば、その日、私の息子である彼女の夫はやたらにしつこく、「もっと食べろ、もっと食べろ」と勧めたのだという。俗にいうバイキングという食事の方式では、浅ましい意味でもたくさん食べた方が得という意識が誰にでもあるから、彼女はけちな夫がそういう意図でたくさん食べろと勧めるのだろうと思い、半ば無視しながらも半ば食い意地で、いつになくお腹がはちきれんばかりに食べた。そして家に帰り、その翌日早朝が地震だったのである。

家中が土埃と陶器の破片だらけになった。棚の上のものが落ちたのではなく、棚の一番下段にあったものが水平にふっとんで割れるという光景は初めて見たものだったし、私も初めて聞く話だった。地震と共に電気と水道も止まった。

普段の生活では誰かが茶碗やコップを割ると、粗い破片は手で除き、濡れた新聞紙でやや小さい破片を集め、最後に電気掃除機をかけたり、水雑巾で拭いたりする。しかし突然水も電気も切れたのだから、割れた危険物を掃除するのは、箒(ほうき)と塵取りに頼るしかなかった。二つの原始的掃除用具があってよかった、というのが実感だったらしい。汲み置きのお風呂の水は、揺れで高まる波になって溢れだしたらしく、三分の一も残っていなかったという。

それから後のことはよく知らないが、数時間の間は、家中、座る所もなかった、とお嫁さんは言う。とにかく掃除ができない。あちこちに散った破片は危険きわまりない。冷蔵庫の中のものは食べられても、水なし電気なしだから、お茶もコーヒーも沸かせない。

その時初めて彼女は我が夫の予知力に感心した、と言った。前夜無理やりに焼き肉を食べさせられたので、全くお腹が空かないのは便利だったし、その日一日くらいは何も食べなくても平気という気がしていた。つくづく夫には動物的――つまりネズミとか蛙（かえる）などの――異常予知能力が備わっているのではないか、と思ったという。もっともこれはもちろん、夫が知的人間ではなく、動物的本能に秀でた人だという皮肉なホメ言葉である。

当時六年生の男の孫にとって、最大のショックは、同級生の女の子が亡くなったことだった。死というものを、それまでしみじみと身近で感じたことはない。ニュースや人の話で同級生の死が伝えられると、初めは「ねぇお母さん、あれは間違いだよね」と繰り返していた。

彼らの家族は誰も怪我もせず、家も倒壊しなかった。だから申しわけないほどの幸運だったと言っている。私は数十日後に関西に行って、地震の断層というものを実際に見た。それはあたかも天に見えない巨龍がいて、その大きい爪が中空から、思いつきで家々をなぎ倒して走り去った、というふうであった。一軒の家が倒れて粉々になっているのに、そのすぐ後ろの家は、全く無傷で残っているのである。そのような巨龍の爪痕が、うねうねと勝手に町に狼藉の跡を残して駆け抜けた、という感じに見える。

いい行いをした人の家が残されたのではない。地震の被害は、因果応報とは全く無関係の横暴な選択、いや無選択そのものである。どこの家でも、年寄りは階段を上がるのも大変だろうからという配慮で、多くのおじいちゃんおばあちゃんは階下に寝ていた。そこへ二階がつぶれてきたので、高齢者の死者が非常に多く出たのである。

善人はその行いの正しさのゆえに難を逃れ、悪人が勧善懲悪の結果として老病死に遭うという思想は、聖書世界では、旧約の特徴である。新約は勧善懲悪的因果関係を離れて、善人もまた悪人と同じように、時にはいわれのない災難に遭うことになった。

現代の人たちの特徴は、観念や知識としては、9・11を典型とする信じられないような災害があるとは知りつつも、自分がその当事者になるとは決して思っていない。昨日までの生活が、今日も明日も続くと思っている。

しかし戦争を知っている私たちの世代はそうではない。あの頃、どんなに行い正しく、倹約して生活し、親孝行で近隣の人には親切だった家族も、極貧にさらされた。子供が十人いるからといって、国家が特別に飢えないで済むような処置をしてくれたわけではない。十人の子供の父もまた、祖国日本を守るために戦場に送られて死んだ。その死を、父は十人の子供のために納得しようとした。

国家も社会も、決して本質的には個人を守るものではない。いい行いをしたからといって、現世で神仏がその人だけを特別扱いにして守る、ということもない。しかし神仏の恵みは内面において信じられないほど豊かで複雑だ。信仰があるとないとでは、心に大きな違いがある。

戦争を知っている私たち世代は、今の若者たちとは全く違う強さを持っているということを、この頃、折りあるごとに感じることがある。何より環境の変化に強い。暑さ寒さ、貧しさ、ものの欠乏を、何とかして切り抜ける心身の強さを持っている。

今の若者たちは、電気がなければ終わりだ。何しろ停電になったらどう生きるか、ということを全く知らないし、空想もしたくない。冷暖房も切れる。夏なら三十五度、三十七度というような酷暑を、団扇（うちわ）だけで過ごさねばならない。インドでは、日本より少し乾いていることもあって、私は水に浸けた後で軽く絞ったバスタオルを、Tシャツの上から着ていた。タオルが乾くまでは、気化熱が少し熱を奪ってくれるのである。

電気がなければ、テレビもなく、冷蔵庫も機能しなくなるから、冷たいビールを飲むことなど夢になる。ワクチンもだめになるから、衛生管理が不能になる。通信も途絶える。夜は電灯もないのだから、蠟燭（ろうそく）かランプにたよって暮らすほかはない。読書や書き物は、現実的には不可能になる。

食べ物がなくなるのは、しかし何より辛い。空腹は問答無用に苦しい。だから今夜の食べ物がなければ、乞食をするか、人の所持品（金や品物）をちょっと盗んで食べ物を買う金を得る。乞食も盗みも、生きるためにはやらねばならない仕事だという国があるのだ。それなのに、日本の新聞社は今でも、乞食は差別語だから書かないように、と私に命令する。無知もいいところだ。

私は戦争のおかげで、不潔にも強くなった。私が世界の百二十数カ国を歩けたのは、一面で不潔にも耐えられるように、自分を訓練し続けていたからだ。そうでなければ、穴を掘っただけのトイレや、ハエのたかった食べ物が供（きょう）される土地では暮らせない。今から四半世紀前のアルジェリアの南部の砂漠に近い田舎のホテルには、水も電気もなかった。まっ暗い部屋の床を手さぐりすると、砂でざらざらだった。私はベッドの上の砂を払っただけで、顔も洗えず歯も磨けず、着の身着のまま犬になったつもりで寝たのだ。しかし今の若者たちの多くは、こんな暮らしには一夜も耐えられないだろうし、また私のように耐えることの意味も考えようとはしないだろう。

願わしくないことだが、私は戦争からも生き方を学んだ。だから戦争はあってはいけないことだが、百パーセント悪いものではなかった。戦争は明らかに私を育てた。戦争を知らなかったら、私は今よりもっと愚かしく弱い、自己中心的な人間になっていただろう。

今私は、すべての状態と変化に静かに耐えて、我を失わない人間になりたいと思っている。つまり人間は、地震のような非常事態にも穏やかな日常にも、清潔にも不潔にも、富にも貧困にも、善にも悪にも、著名人にも無名人にも、全く同じような誠実さと落ち着いた判断力で向き合える人になることが理想だ。

俗に言う偉い人の前に出ると上がってしまって言うべきことも口にできなかったりする反面、お金がなかったり不運をかこったりしている人を見ると、急に思い上がって言葉遣いまでぞんざいになるような浅ましい人にだけはなりたくない。

平常心がないと、せっかく生まれたこの人生を充分に味わえない。人との友情も長続きしない。それには、今でも自分の心と体を、いつ起きるかわからない異変に耐えられるようにいつも鍛え続けるほかはないと私は覚悟しているのである。

災害の中に慈悲を見つける
――自分の身に起きたことには意味がある

東日本大震災後、時間が経つにつれ、貴重な手記がマスコミにも載るようになったが、その中で私の心に残ったのは、約三週間もの長い避難所生活をした後、どうやら家族だけで暮らせるようになった時、生活の態度が変わった奥さんを発見した六十代半ばの男性の投書だった。奥さんは元は暑さ寒さにも不平を言いがちであったが、今は何も言わない。食事の前にも感謝して手を合わせている。

こんな体験をすれば人間は変わって当然だろう。お風呂に入れるだけでもありがたい。一メートルと離れていない所に他人が寝ていていつも気兼ねする生活から救われたのもありがたい。私流に言うと、心置きなくいびきをかき、おならができるようになったのだ。

普通の生活では、私たちは自分の好きな食事を食べられて当然と考える。しかし避難所では、食事の好みも口にできない。一国の政府が被災者に、全く火を使わなくてもすぐに食べられるパンやお握りなどを、清潔な状態で（つまり袋入りやラップに包んだ状態で）配れるということは、実は並々ならない国力のあらわれなのだが、避難所で毎日毎日パンばかり、お握りだけを配られていると、見ただけで食欲がなくなって来る、と感じるようになっても当然である。

私は料理が好きなので、残り物の処理はかなりうまいつもりだ。前日の残りのお冷やご飯などがあると、塩鮭の切れ端、なめこの味噌汁の残りなどを使って、おいしい雑炊を作る。我が家は塀の傍でミツバも作っているし、卵を一つ落とせば残り物の雑炊もちょっと豪華な見かけになる。人間は食べたい時に食べたいものを作って食べられる、ということが最高の贅沢なのである。

私たちは普段得ているものを少しも正当に評価していない場合が多い。

まず第一に健康で食欲があることのありがたさである。今世間の関心はスリムになるダイエットの話ばかりだが、医師に言わせると、中年以後は、万が一消化器系のガンになる場合も予想して、常に痩せすぎでない適切な体重を保つことも大切なのだそうだ。ガンの手術をすると、通常十キロから十二、三キロは痩せる。十キロ以上痩せても、どうやら「人間をやっていられる」体重を、健康な時から保持していなくてはならない。もともと四十五キロしかない人が三十五キロかそれ以下の体重になったら、ガンが治っても健康を保つのに危険区域に入る。やや高齢者だったら、痩せて皺だらけにもなる。

健全な食欲に恵まれているということは、健康の基本だろう。そしてさらに、その食欲に合わせて食べたいものを食べられる社会的、経済的余裕を持っていることは、人間としてほとんど最高の贅沢だと考えていいのである。これが私たちが得ているのに気がついていない第二の幸福の証拠である。

私は子供の時に大東亜戦争を体験した。三百万人が死に、国民は家を焼かれ、国中からあらゆる物資が消えた。ガソリンやボトル入りの水やカップヌードルがスーパーの店頭になくなったなどという物資不足の比ではない。お米も砂糖も油もわずかな量を配給されるだけだ。衣類など、スフ（ステープル・ファイバー＝植物性人工繊維）と呼ばれるぺらぺらの生地が、色の趣味もなく割り当てで少し買えるだけである。今私たちが使っているすべてのものがなかったのだ。燃料もないからお風呂もろくろく入れない。お菓子も全く売っていない。そんな状態がいつ終わるという当てもなく続いていたのだ。

今回の地震では東日本が災害を受けたが、幸いなことに神奈川県と新潟県を結ぶラインから西は無傷で生産能力を保っていたから、援助物資もいつかは送られて来る。戦争中は、日本中が瀕死の状態で、ものは何も作られていない。私たちの世代は、そういう時代を知っているから、今回の地震にもほとんど心理的なショックを受けなかった。いざとなれば何もない暮らしに対処できる気力と知恵を持っている、と感じていたからだ。

その上に私は、五十歳を過ぎてから、毎年のようにアフリカに行くようになっていた。途上国の中でも、最貧国と言われている国々の、しかも奥地に入って働いている日本人のシスターたちを訪ねていたので、土地の人々の現実の暮らしを、私はよく知っていた。首都の外国人向けのホテルに泊まるだけでは、見られない生活である。

そうした人々の暮らしは、戦争中の日本人よりも更に貧しかった。多くの国が内戦を経験していたが、もともと電気も水道もない土地なのである。電気はなくてもいいとしても、水道がないのは悲惨な生活である。人々はポリタンクに汲んだ水を数百メートル、時には数キロも歩いて自分の家に運ぶ。一度に持てる水は、せいぜいで二十リットル、つまり二十キロである。炊事とちょっとした生活用水の必要量は一人一日四リットルだから、五人がやっと生きるだけの水である。それだけではなく、政府の役人が鍵を持って水道を開けに来る時だけしか汲めない。しかも共用の蛇口からいつでも汲めるというわけではないく、政府の役人が鍵を持って水道を開けに来る時だけしか汲めない。女たちは列を作って、時には険悪な表情で喧嘩しながら順番を待つのだ。

時々私は雨の日に、家で「ありがたいなあ」と呟く癖があった。昔は家族が「何がありがたいの？」と聞いていたが、今は耳にタコができたらしく、誰も尋ねない。つまり私は、雨の漏らない家にいられることがありがたくて仕方がないのである。

動物は、ライオンもシマウマも雨に濡れている。しかし人間はそうでないものだ、と私は思い込んでいた。今回の被災者も、地震の当日からどこかの避難所に入って、とにかく雨や雪には濡れなくて済んだ。ありがたいことに、日本の学校や公共の建物は今回の地震でも倒壊していない。しかし二〇〇八年の中国の四川省の大地震では、多くの学校が手抜き工事のために壊れ、児童が犠牲になった。

アフリカではなんら災害がなくても、人々の中にはまだ動物のように雨に濡れて寝ている人がいる。或る年、私が働いているNGOはマダガスカルの田舎の産院に未熟児用の保育器を送った。町の人々は保育器を盛大に迎えてくれた。司教さまが来て感謝のミサを捧げ、お母さんたちが踊りの輪で喜びを表した。

産院には一人の、子持ちの未亡人が働いていたが、助産師の日本人のシスターに、あの保育器が入っていたダンボールの箱はどうするのかとしきりに聞くのだという。欲しいならあげますよ、と約束しておいて、シスターはお祭り騒ぎに紛れてすっかりそのことを忘れていた。数日後、催促されて初めてシスターは「箱は何に使うの？」と聞いてみた。すると彼らの住んでいる小屋の屋根は破れていて、雨が降る日には子供が滝の中に寝ているようになる。だからこの厚手のダンボールを拡げて、せめて子供の寝ている上にかけてやりたい、というのが答えだったのだ。

そうだったのか。雨に濡れないで寝るということは、人間の暮らしとしてまだ一種の贅沢だったのか、と私は悟ったのである。

僻地で暮らす日本人のシスターたちは、一年中お湯のお風呂などには入れない。第一浴槽がないし、お湯を沸かす設備もない。シャワーなるものは、水のホースの先に缶詰の空き缶に錐（きり）で穴を開けた手製のヘッドを取りつけただけ。アフリカという土地を日本人は勘違いしていて、どこも暑い場所だと思っているが、実は季節や高度によっては、寒さに苦しむことも多いのである。そういう土地で水だけのシャワーを浴びるのはかなり辛い。

日本の生活は、天国に近い、と私は地震の前から言い続けていた。しかしたとえば社民党党首は「日本は格差社会」だと言い続けて来た。日本は格差社会どころではない。どんな貧しい人でも、水道と電気の恩恵にだけは浴している。テレビを見られない人も、お金がないから救急車に乗れない人もいないのだ。どうしてこれが格差社会なのだろう。

地震をいいと言うのではない。しかし地震で断水や停電を知ったおかげで、日本人は水と電気のありがたみを知った。すばらしい発見だ。昔から私はすべて自分の身に起きてしまったことは、意味があるものとして受容することにしている。そのようにして、願わしいものからも、避けなければならないことからも、私たちは学び自分を育てて行くことが健やかな生き方なのだと思っている。その姿勢を保てれば、今度の震災はむしろ慈愛に富んだ運命の贈り物ということさえできる。

見合いには引っ越しの手伝いがいい
——結婚によって、深く人間を学ぶ

いままで赤の他人だった男女が結婚して夫婦になる。こんな人間関係が社会の常識としていつ頃に完成し一応安定したものか、私はよく知らない。昔は決して一夫一婦ではなかったし、現在は外国語では、夫とか妻とかいう言葉をあまり使わなくなった。パートナーというのが一般的であるらしい。つまり婚姻届けなどしてあっても、していなくても、問題ではなくて、今日ただ今生活を共にしている男女なのだ、ということだろう。

私は呼び方などというものは、多くの場合まあどうでもいいと思うのだが、一人ずつの男女が一緒に暮らすことを世間に認識させた上で共同生活をするということは、実によくできた制度だという気がしている。

というか、人間関係については、人間はそれほど斬新的に変わることはできないのである。好きになると、相手にとって自分一人が愛の対象になることを望み、そこに「割り込む奴」がいると嫉妬し腹を立てる。もちろん関係の変形は無限にある。好きだと言いながら妻の経済力を利用している夫もいるし、夫が異性関係にだらしがなくて、いつも女性問題を繰り返しているような夫婦の妻の中には、いつのまにか夫に対して母のような眼差しを持つようになる人もたまにはいるのである。しかし結婚して夫婦となるというしがらみは、通常異性を知るためには、まことによくできた人間関係であり、制度だと私は思う。

世間には優しいお父さんを持つ幸運な家庭がある。お父さんは家で荒い言葉など決して口にしない。いつも機嫌よく、妻子の毎日の幸福をすべてに優先している。そういう父親を、私は若い時に何人か知っていた。するとこうした父親の娘として育った女性は、皮肉なことだが、結婚に失敗することが多いのである。

娘が夫として選ぶ男に対する眼がなかったのではない。そうした家庭の娘たちの多くは、私から見ると賢い女性たちだ。しかし賢さにも人生の落とし穴はあるのである。つまり彼女たちはあまりにも抵抗なく育ったので、世の中の裏を知ろうなどという意識を持たず、すべての世間の男たちは父親のように穏やかな家庭生活を率いて行くものだと信じ切って、内実はもっと未熟で自分勝手な男を選んでしまうのである。

多かれ少なかれ、人間の性格には隠された部分がある。意図的に隠しているわけではないにしても、簡単には表に出ない部分がある。それはデートの段階ではわからない。毎日生活を共にするか、何か非常事態にならなければ表にあらわれて来ないものだ、ということは多いのである。

昔私の知人に賢い人がいて、見合いをするなら、大学の先生や勤め先の上司の引っ越しの手伝いに行くのがいい、と言ったことがある。それはまさに至言であった。それまでのやや古くさい見合いというのは、伯母さんや知人の家で、羊羹（ようかん）やシュークリームのお皿を前にして、初対面の男女がぎこちなく話し合うというものだった。だからシュークリームなど出されると食べにくくて困る、などという話が本気で女性雑誌に載ったりしたのである。上品に食べようとすれば、中のクリームをだらりと落とす。かぶりつけば頬っぺたについてはしたなく見える、などというようなことが、本気で心配の種だったらしい。私だったらどちらも少しも困らない、と思う。そんなくだらないことで相手にマイナスの点をつけるような男は、どうせ大した目利きではないように思えたからである。

　そういう場合の話題といえば、男の方から「映画はどんなのがお好きですか」などと聞くだけだ。それに対して「邦画なら何でも」などと答えられれば、それでもう会話は続かない。

　その点、引っ越しの手伝いはすばらしいアイディアであった。黙っていても相手の性格がよくわかる。力があるかないか、見えないところで手を抜くか誠実に働くか、命令をするのが好きな性格かそれとも命令されないと何をしたらいいのかわからない性格か、何でもわかる。どうせ中途でお茶も出るだろうから、その時、気が利くか、大食いか、周囲に気を配る優しい性格かどうかもわかる。引っ越しがいいのは、周囲に比べられる人がたくさんいるからである。

　引っ越しはその日一日だが、結婚は、一生になるか、短期になるかは別として、長い期間同居をするところに意味があるのだ。もっとも私の恩師でもあるカトリックの神父は陽性な方で「ボクは葬式の司会をするのは好きだね。葬式は安定しているから。結婚はその点、すぐ翌日に別れたいなんて言ってくるのもあるから、安心できないんだ」と率直だった。

よく人間、短期間なら何でもできる、という。見合いもその一つだが、一、二時間の間なら、ねこをかぶっていることも不可能ではない。自分の家に実母を引き取って暮らすのは大変だが、他人の親なら優しい言葉をかけられる、とよく言うのは、他人の場合なら、お見舞いに行って会っている時間だけ優しくすればいいからである。

私は昔日本財団というところに勤めていたのだが、その時、財団の若い職員としばしば調査のために外国に行っていた。そういう場合、新聞記者も望めば同行することもあった。非常に人間的にいい人と、およそその非常識ぶりが信じられないような威張って無礼な記者がいるのも、大新聞社であった。彼らは、朝の挨拶もしない。帰る時お互いに「お世話になりました」の一言も言えない。財団に現地の旅費まで出させておいて、首都で政治上の変化があると、夜のうちにさっさと一言の挨拶もなく「消えた」支局長さえいた。

私は財団の若い職員に、どんなに新聞記者が無礼でも、決して怒らず、毎朝性懲りもなくこちらから「おはようございます」と言うことを頼んだ。私自身もその原則を守った。どんな相手にも下手に出る理由を、私は「○日間だけで、一生付き合う相手じゃないですからね」と説明していた。

この点が、付き合いと結婚の違うところである。ほんの数日で解消するお付き合いではなく、ずっと長く、もしかすると死ぬまで続く関係だからこそ結婚には深い意味があるのだ。私はあまり好きではないけれど、結納だ、花嫁支度だ、披露宴だ、とお金もかけてそれ相応に社会的な行事をするのも、その事実をできるだけ世間に広く知らせて、今後の二人の生きる道を明確にしてやる意味があるのかもしれない。

男女の性格にはさまざまなものがある。食事の時でも必要なことしか言わない人と、考える前に壊れた水道が漏れるようにとりあえず喋っている人とがいる。どちらがいいのか。いわゆる一見無駄に見える会話というものを一切しない人は、賢いように見えるが、夫婦の暮らしで、それが評価されるのかどうか。私は家庭で全く寡黙な夫は嫌なのだが、それも夫婦の相性による。妻も共に無口だと、それはそれなりに釣り合いが取れているのかもしれない。しかし私のように自分もその日にあったことを話し、相手からも聞きたいと思う性格だと、それはかなり大きな不満になるだろう、と思う。しかし無口は悪ではないということもほんとうなのだ。

世間には、権力欲の強い人もいる。何でもいいから有名人と付き合いたがり、数十年前に知事からもらったちょっとした礼状や、宮様とご一緒に写った植樹記念の写真などをどこに行くにも持ち歩く趣味の人もいる。

実は有名人と知り合いだということは、何の資格でも保証でもない。宮様や県知事は、公的な場では誰とでも分け隔てなく多くの人と交わるのが任務なのだ。だからそういう事実を特別に光栄なこととしてありがたがる人と、私は同じ思いで暮らしてはいけないが、こういう権威主義も悪ではないのである。

叙勲（じょくん）というものは誰でもが受けられるという名誉ではないし、私が深く尊敬するのは、どんな道にせよ、その人が長年一筋に歩き続け、その結果として社会に尽くしたというその事実なのだ。そのことは、叙勲されてもされなくても、神仏もご存じのこととして輝いている。しかし中には叙勲されるために中央官庁の知人に働きかけて別に恥ずかしく思わない人もいるのだ、というのである。こうした権力志向も、私は好きではないが、悪ではないことも確かである。

結婚生活は、日本人のあまり馴れない契約というものの存在を思わせる。一神教の世界では、神と契約したことを守るのは重大な人間の条件だった。結婚はまさにこれに当たる。およそ人間性のあらゆる部分が長期に続く同居生活の中で露(あらわ)になる。それゆえに、多くの結婚が期待はずれに終わるのだが、いずれにせよ、私たちの多くは結婚によって、覚悟の上で、深く人間を学ぶ機会を得るのである。

第二章　命も財産も運命から「拝借」している

老年に向かう効用
——健康な老成という変化を愉しむ

政治家でも何でも、人は高齢を劣性と考えて卑下する傾向がある。一面では、確かにそれは正しい。まず運動能力が衰える。私など、律儀に？　両方の足首を十年間隔で骨折したので、今では走っている人を見るだけで、その有能な肉体の動きぶりに感動する。

しかし知性の方はどうだろう。

私は最近、行方（なめかた）昭夫氏による『モーム語録』を読んだ。サマセット・モームがそのエッセイや小説の中で、何を言っているかを集めた労作である。多分私がモームが好きだとかねがね書いているので、その本を贈られたのだろう、と思う。知らない言葉の中にも改めて惹かれるものも多かった。

「身勝手と思いやり、理想主義と好色、虚栄心、羞恥心、公平、勇気、怠惰、神経質、頑固、内気などなど、これらすべてが一個の人間の内部に存在し、もっともらしい調和を生み出している」

ほんとうにそうなのだ。一人の人間の中には、崇高な精神性と、野獣のような残忍性が同居していて当然なのだ。

このモームの言葉は、実際にいつ書かれたかはわからないが、少なくともモームが六十四歳になって出版された作品の中に収められている。

それと比べてこういう言葉もあるのだ。

「寛容とは無関心の別名にすぎない」

たとえば、妻が好き勝手に別の男と付き合うようなケースを平然と認めている夫、或いは、妻の浪費に対してほとんど文句らしいことを言わない不思議な夫がいるとする。その場合、そうした夫の表面的な態度を、少なくとも美徳の一種とされている寛容などという言葉で世間は感じないだろう。もっと何か不気味な計算があるかもしれない、と邪推するのである。

私の心酔するモームにしてからが、こんな荒っぽいことを言っているのか！　と少し驚くのだが、この文章が書かれた年代を計算すると、モームはまだ二十二歳なのである。

若さは文句なしにいいものだ、と思われているが、実はそうでもないらしい。天才も凡人も、多分人間は徐々に成熟する。天才なら五歳にして背丈も物事の解釈も一人前になるとはいかないようだ。とすると、私たちにも、健康な老成という変化を、愉しみに待つということが許されているのかもしれない。

天から降って来たカラー
――逆境に耐えてこそ、大輪の花も咲く

私が時々何日か出かけて、花を植えたり畑を作ったりしている相模湾に面した海の家は、庭のフェンスの外はもう海岸の国有地である。その部分は、ゴミを落とさず清潔に保つべきなのだが、落ち葉のような植物性のものは天然の肥料になるので捨てている。伊勢神宮が、砂利の部分に散った落ち葉を近くの植え込みに戻しているのと同じ自然の循環を願うからだ。

するとフェンスの外の海際の土地は、長い年月の間にこの上なく肥沃になるらしく、捨てたはずの植物の一部が繁茂したことがある。フキ、カンナ、ランタナから、一時はミョウガが生えたこともある。ミョウガは、やや乾いた畑の一部に植えていて、全くできなかったので、引き抜いて畑の隅に積んでおいた。しかしその一部が

紛れて棄てられたようで、気がついたら一部にミョウガが繁茂していたのである。茗荷谷、という駅名が示すように、ミョウガは水がちょろちょろ流れているような谷が好きらしい。子供でも植物でも同じであった。性質に合った環境においてやれば、問題なく育つ。

去年の秋、その崖の上の地面で、小さな奇妙な葉っぱを見つけた。どうもカラーだと思うのだが、私の家では作ったことがないので自信もないし、育てたこともない植物が紛れ込む経路はわからなかった。強いて考えれば、畑に播く肥料にいろいろな種が混じることはある。私はカラーと思われる小さな苗を、梅の木の下に半信半疑で植えてみた。この適当な日陰が気に入ったらしく、すぐに葉は大きく繁り、間もなく私の掌くらいある堂々たる白い花をつけた。拾って来た苗とは思えないような見事な花で、浅ましい私は「売れるくらい立派。売って儲ければよかった」と呟いた。

そのカラーは、つまりどこかで見捨てられていた株なのだ。国有地の外まで辿り着き生き長らえた経路はどうしても推測できない。種ではなく、球根で泥と共に運ばれたのだろうが、そうとしてもまだ謎は解明できない。しかし私が喜んだのは、捨てられて、枯死寸前の発育不全の株が生き返ったことである。逆境に耐え抜き、いつの日か所を得れば、見事な大物に育つという事実である。

カラーは運命を少しも恨んでいなかったという感じであった。人生にも多分同じようなことは起きているのだろう。最後まで、生きる意欲と慎ましい努力を続けていると、どこかで大物にさえなれるのである。

借り物を返す
——命も財産も運命から「拝借」している

若い時から、好きなものがいくつかあった。洋服のきれいなものを買うより、少し凝った器でご飯を食べることがその一つであった。民芸ではない、精巧な磁器が好きで、自分が稼いだお金が少しあると、新しい器も買い、古道具屋漁りをすることもあった。

南方に住むのも憧れであった。私は顔も生まれつき色黒だから、遠い先祖にポリネシアか南支の人の血が入っているのかもしれない。二十代に初めての外国として東南アジアに行き、暑さも食物もすべて好きになった。そしていつか南方に住むことを考えた。

その夢は半世紀経って五十代半ばに叶えられた。私はシンガポールで古いマンシヨンを買い、年に何度か二週間ずつの休みを取って、そこで過ごすようになった。特別に何をするでもない。東京にいる時のように原稿を書き、本を読み、昼はおいしくて安い中国料理、夜は私の手料理を作って、大きな扇風機がとろとろと回る下で眠るのである。

その生活をまた二十年続けると、私は体力的にシンガポールに度々行って、その古マンションの管理をすることが重荷になって来た。寝室の外には七階まで届くタンブスという大木があり、その梢が南方の驟雨(しゅうう)の中で大きく揺らぐさまを見ているだけでも心が和んだのだが、私はこの家をあっさりと売ることにした。

幸いにもチャイナ・マネーがどっと海外に流れ出た時期だったので、家は頑張らなくても簡単に売れた。売買は弁護士同士がする。楽なものだった。

引っ越しは日本の会社の人が来てすべて箱に詰めてくれる。大きな家具はおいて来たせいもあるが、持ち帰ったものは、主に向こうでも使っていた少しきれいな食器と本だけ。作業は正味三時間半で終わった。

最後にドアを閉めてその家を後にする時、私は少しはこの家との別れが辛いかと思ったが、それが全くないのに驚いてしまった。私はこの家を約二十年使う幸運を、運命から「拝借」した。今、時が来て、それをお返しする。すべて借りたものは感謝と共にお返しするだけである。命も財産も借り物である。私は昔からそういう思いで暮らしていたのである。

幸い息子の妻が料理も好きなので、陶器は使ってもらう約束である。何年経っても壊さない限り変質しない陶器は不思議な存在だが、それも一部は人さまにもらって頂いて、一種のお返しをする。身軽になるという楽しさをご褒美にもらう楽しい作業である。

話すこと、食べること
——人間、食べている時は人を憎まない

昔、四十年近く前に、私の家に強盗が入った。今でもよくその理由がわからない人であった。というのは、私の家と知って入って来たのだが、私に大した恨みもなく、ファンというほど作品も読んでいず、ただ刑務所の昼休みに流される放送で私の名前を覚えたというに過ぎないらしかった。

というような事情がわかったのは、彼がナイフを片手に私の家に押し入って、騒がれて逃げた後、正確に言うと事件の翌々日のことだったと思うが、彼は執拗に私に、警察の言う脅迫電話をかけて来たのである。

私は法務省の製作番組の中で、自分は正しい人間で、「そうでない人」に反省を促すようなことを決して言わなかった。というのも、私は子供の時から、平和な家

庭に育たなかったので、追い詰められれば人を殺したかもしれないという記憶が何度かあったし、自殺をしたかもしれないし、私は生涯行い正しい人生を送ります、などと保証できるような半生を歩いてこなかった苦労子供だったからである。人を諭すなどということは、私の最も嫌うところであった。私が今にいたるまで、犯罪を犯さずに済んでいるのは、私が窮地に陥った時、いつも周囲に誰かが、私の悲しみを共に背負ってくれたからである。

その強盗は、公衆電話から公衆電話へと、一通話ごとに場所を換えて電話をかけて来た。つまり彼はトータルで十三回、つまり約四十分近く私と喋ったのである。もちろん私の家の電話には逆探がつけられていたが、私はそういう時、ほとんど恐怖を感じない性格だったから「この次は必ずあんたをやる」と相手が言った時、「そんな芝居がかった言い方はおよしなさいよ。あなたにせよ、私にせよ、殺すの殺されるの、というほどの人物じゃないんですから」と言ったのである。多分この一言で、彼は平静な気分になり、それから後は、私との会話を楽しむようになった。

何回目かの電話からは、私の家の戸締りがなっていない、と批評し、「どうしたら安全になるか教えてください」という私の問いに一表庭と裏庭に一匹ずつ犬を飼うといい」などと教えてくれるようになった。「今後は決してあんたに危害を加えない。しかしこういう犯罪には類似犯が出るから、それには気をつけるように」と親切だった。

警察はもちろん電話を傍受していたが、当時の能力では、三分以内にどこの公衆電話かを特定することは無理なようであった。私は彼の言葉を信じて「もうあの人は何もしないそうですから」と言ったが、警察はそれを信じなかった。もちろんプロとしては無理のないことだろう。

その時、我が家にいた刑事さんの一人が、「凶器を持った犯人と向き合ったら、会話を続けるのがいいんですよ」と教えてくれた。人間は、会話をしながらは殺さないのだという。ほんとうにそうだろう。「おれが小学校一年生の時だよ。クラスに花ちゃんというかわいい子がいてさ……」などと言いながら人を殺すのはほとんど不可能だと思う。だからできるかできないかは別として、犯人とは喋ることが大切なのだ。恐らく国家や組織との間の対立でも、この原理は生きているだろう。

私は中年以後、他人を理解することはほとんど不可能だと思うようになった。もちろんその人の家庭環境や職業はよく知っている。しかしその人の心の深奥まで知っているということはほとんどあり得ないし、もし知っているなどと思ったら、それは相手に対して失礼なような気さえした。

偶然その年頃から私はなぜか料理がうまくなった。もっと正確に言うと「手抜き料理」を素早く作るこつを覚えたのである。私はコンピューターに向かって原稿を書きながら、三十分に一度くらいは立ち上がって歩くことが健康上いいと感じている。それに適しているのが台所に行って料理をすることであった。その結果、うちで原稿を書く日には、やたらにおかずができるようになった。もう要らないと思っても、冷蔵庫の奥で忘れられかけているような食材を見つけると、それを捨てるのがもったいなさに、何か一品作ってしまうのである。

その結果としてその頃から、私は人にご飯を食べさせる趣味を持つようになった。これはもしかするとはた迷惑なことなのだが、中には奥さんが病気療養中とか、「お皿を洗わなくて済むならどんなまずいものでもごちそうよ」と言う友人なども いて、私の料理もまんざら忌避されることなく誰かが食べてくれたのである。

人間食べている時も原則として人を憎まない。しかし現代人の一つの特徴は、ほとんど人を食事に招くということがなくなったことだ。昔の母たちの世代は、よく家に人を招いて、手料理で食事をしていた。

喋っている時と、一緒に食べている時には殺さない。この原理は国際的な紛争を防ぐ時にも当てはまるような気がする。

塔は見上げるだけで充分
――先頭より、一番後の方が状況を理解できる

二〇一二年五月は二十二日が「東京スカイツリー」の開業だったので、マスコミの話題はそればかりだった。六、七割の人がスカイツリーに興奮し、一刻も早く登ってみたいという。それ自体は決して悪いことではないし、この建物に関しては私の知らないことがたくさんあった。その構造物の一部に、食堂がたくさんあってそれが売り物だという耳よりな話も認識していなかった。

前日の二十一日朝には金環日食があった。国内で観測されたのは二十五年ぶり。関西大大学院の宮本勝浩（理論経済学）教授によれば、この日食の経済波及効果は約百六十四億円だという。観測用グラスの売り上げ七億六千万円、大型船舶を使った一泊二日の観察クルーズ八億円、観察コースの宿泊や交通費が約十億八千万円、

俄か天文学愛好者のプラネタリウム入場料その他の消費支出増が四十億円余りなどである。何でも儲かる口実になるというのなら、まあ悪いことではない。

　スカイツリーの方はマスコミに聞かれたり、自分で考えたりして、私は当分はあの塔に上がらないだろう、ということは確実であった。そのうちに地方からの客や外国人が来て、どうしても見たいと言ったら、その時はお付き合いするだろうという感じである。高所恐怖症の人も「あんな所に登るのはいやだ」と言っていた。

　皮肉にも二十六日の夜中にはテレビが『タワーリング・インフェルノ』という古い映画を放映していた。建設費用を一部でけちった豪華絢爛たる高層ビルが、そのオープニングのパーティーをやっている晩に、劫火に包まれる話である。この映画が製作された二十数年後に、9・11の現実的悪夢があった。消防車の手の届かない高さにまで塔を作るという軽薄さが悲劇を生むこともあるということが、まだ人間にはわからない。

　しかし私がスカイツリーに上がらない理由は、子供の時からの母の教えによるものだ。母はかねがね、たくさんの人が行きたがる所とものを求めてはいけません、と私に教えた。決して得にならないどころか、人込みに圧されて踏みつけられて死ぬはめにもなる、という。むしろそれより人生に対しては「お先にどうぞ」と言える精神でいる方がいい、というのが、母の好みだったようだ。群の先頭に行く方が前方がよく見えそうなものだが、一番後から行く方が状況をよく理解できることも多いから、世の中はおもしろいのだ。

金色の光を放つ明るみの中で

——現世に恋をし続ける

私は小説を書くという仕事が、天職だなどと思ったことは一度もない。ただ書くことが好きだったのと、他に得意なことがなかったから一生その仕事をし続けてきただけだ。

昔私は二人の写真家を知っていた。どちらもまだそんな年齢ではなかったが、仕事にうちこんでいて、大家のような風格があった。

一人は近東で動乱に遭い、怪我をして日本に帰るまでの話をしてくれた。命に別状があるとは思わなかったが、足の傷は痛んだし、日本に帰らなければ傷が悪化する恐れがあった。普通に座席に座っていると傷が痛いので、彼は座席の下の床に寝ていた。最低の気分だった。しかし時々目の前をスチュワーデスが通る。その度にきれいな足が、彼のすぐ目の前を通って行った。その時彼は、僕は生きるぞ、と思ったという。話を聞いている私はくすくす笑ったが、いい話だから、今でも忘れない。仕事は、そのような形で自分とごく自然に繋がって来たから、私の場合も書き続けられただけのことだ。

もう一人の写真家もすばらしい芸術写真を撮っていた。彼は私に、どれほど冬の山を撮る時に辛い思いをしたかを語った。山と言えば高尾山しか登ったことのない私は、よくそんな恐ろしいことに耐えると思って聞いていた。それがついに私に、「そんなにお辛ければ、写真を撮ることをお止めになればいいのに」と言わせたのだろう。決して無礼な意味ではなかったのだが……。

翻って私は、時々自分と書く仕事との関係を考えることはあった。そんなに辛ければ私は止めてしまうだろう。私は生まれつき、ドラマチックなこと、英雄的なことをひどく恥じる癖があった。人間はそんなものではない。どうやら耐えられると思うからずるずるやっているんだ、というくらいの感じであった。

つまり私にとって、書くという行為は、今まで鬱病になった数年を除けば、本質的に辛くなかったから続いたのである。私にはいつでも書くことがあったような気がする。

それに私は、小説家に生まれついたわけではない。歌舞伎の世界のように、梨園の名家に生まれて、その仕事を放棄できないわけでもない。嫌ならいつでもその仕事を止められる気楽な場所に私はおいてもらっていた。作家の仕事には義務も責任もなかった。いつ止めてもいい。誰一人として困らない。ひっそりと止められる。書き手はいくらでもいる。

しかし私は長い年月、書き続けた。呼吸するように、書いた。いつでも止められると思うから書き続けられた。何という自然で、静かな幸せだったろう。

そのまままいつ終わってもいいのだが、私はその経過を数年前、ふと書いておこうと思うようになった。誰かに言いのこしたい、というほどの思いでもない。多分読まないだろうが、強いて言えば、誰か物好きな読者の数人が目にとめてくださるかもしれないという程度の思いであった。

確実な理由の一つは、私が自分の年を考えたからだった。もういつ死んでもいい年になっている。私は十三歳で第二次世界大戦の終戦を迎え、日本の最低の時期を経験した。それは人間としての私を磨いてくれた実に劇的な時期だった。

それから七十年近く、日本は幸運な年月を経過した。自分の住む土地が断水したり、停電したり、食物がなくて餓えに苦しむこともなかった。それは私から見ると、いささか異常な事態だったと言える。人たちは「我々が安心して暮らせる社会」を平然と政治にも要求した。東日本大震災の後には、「想定外」の地震や津波が存在するということさえ、認めることを許さなかった。私は日本人は皆少し人間の常軌を失っていると感じたが、大体常軌を失うのは常に作家の方だということも、私は認めていた。

書けるうちに自分の作家としての生活を書いただけだ。「光あるうちに光の中を歩め」というトルストイの有名な文言の後に、「食えるうちに食え」と言い足した人もいる。それがいいことか悪いことか、意味のあることかないことか、一般に動物は知らなくて当然なのだ。

その間、私はすばらしい人生を見せてもらった。今や年を取ったおかげで、私はほとんどあらゆることに独自の思い出を重ね、それが苦しくとも悲しくとも、金色の光を放つ明るみの中で眺められるような気がしている。私はずっと現世に恋をし続けて過ごした。

終わりは、初めへ

――終わりは、あらたな旅路への橋

小説の書き方について、よく聞かれることがある。どんなふうに筋を作るのですか、インスピレーションが働くのですか、などというのがその主な質問である。

小説作法は多分作家の数だけあるのだと思う。だからこうした質問には「私の場合」と断って答えるほかはない。私の場合、小説は短篇と長篇とでは大きく違う。短篇はそれこそ一秒でできる。電車に乗っていても、画集を見ていても、台所で料理をしていても、外国の雑誌や新聞記事を読んでいても、病院の待合室に座っていても、それこそ、どこででも、いつでも一秒で構図が決まる。短篇は、墨絵の一筆描きのような感じだ。

しかし長篇は全く違う。長篇は部分部分を、長い年月をかけて作って行く。積み重ねである。

まず綿あめの箸に当たる芯がいる。これが思想的なテーマである。しかし小説家は哲学の論文を書くのではないから、芯が露(あらわ)ではいけない。芯の形が見えないほど、豊かな脇筋をつける。計算された贅肉である。これで学術論文ではなく、小説になる。

長篇の中で一番大切な部分が、最後のシーンである。最後のシーンが、物語の象徴でありながら、締めくくりの余韻を残すことができれば、その作品は成功したも同様になる。最後のシーンのためにエネルギーを使い果たすような気分になることもある。『無名碑』という土木小説も、『哀歌』というアフリカの虐殺を主題にした小説も、共に千枚を超える長篇だが、書き出す時から、最後のシーンははっきりと見えていた。

自分の小説を偉そうに言うように思われると恥ずかしいのだが、長篇小説はよく計算してから書く。ここでこの主題をこういうふうに展開し、ここで脇筋の人物をこういう形で登場させ、という具合に、大勢の人間の出し入れの交通整理もしておく。大きなダムを作る現場の工程表は、昔は手書きだったが、今はコンピューターのメモリーに入れられている。作家の頭もメモリーになっているわけで、造船の計画も、ダムの工程表も、長篇の作り方とほとんど違わない。

終わりが見えたら、たとえそれが数千枚の作品でも、もう書き終えたようなものかもしれない。後はただ頭の中にある作品を、パソコンを使うか、ボールペンの手書きかで、紙の上に移すか、写すかする作業が残っているだけだ。そして書き終えると、私はもうその作品に興味を失って次の作品を追っている。終わりは、初めへの橋なのである。

第三章　ほんものの平和には、苦い涙と長年の苦悩がある

心の裏表
――「皆が願えば必ず平和になる」などという甘さ

「和」という言葉は、単純な和語だけに、解釈がむずかしそうである。

私はカトリックの学校に育ち、中年からやっと聖書を本格的に勉強した。その結果、それまで全く考えもしなかった平和の概念の解釈のむずかしさも遅ればせに知ることになった。

多くの日本人は（というより私は）、平和というものを隣家の塀際でたくさん実をつけている柿の木のように思っている。つまり確かにそこにあるように見え、簡単にいつでも気軽に採れる（手に入れられる）ような気がしている点では、私たちが簡単に口にする「平和」とよく似ている。しかし私のような気の小さな者にとっては、隣家の柿の実を頂戴するのは心理的にむずかしいことなのだ。この枝なら確かにうちの敷地内に入っているように見えるが、前のうちの奥さんが見たら、私はお隣の柿を盗んでいるように見えるだろうな、などとよけいなことを考えるのである。

しかし聖書の世界、中近東のセム人の部族社会では、平和とは、もっと差し迫って厳しいものであった。平和などという麗しいものは普通、身辺に全く見当たらない概念だからである。オアシスは、その水場の利権を持つ部族の遊牧民たちが所有する羊をやっと養うだけのぎりぎりの量しかない場合が多いから、それを他部族がこっそり自分の羊に飲ませようとしたり、自分が飲もうとしたりするだけで、射殺されても仕方がないことになっている。

聖書に出て来る「平和」という言葉にはヘブライ語「シャローム」が当てられている場合が多い。現代のイスラエル人の「こんにちは」に当たる挨拶も「シャローム」である。

この「シャローム」の本来の意味は、「欠けたことのない状態」だという。現実的に言えば、人間の暮らしには必ず苦労が伴う。病気、死別、経済的不安、地域抗争に巻き込まれることは常に考えられる。そのような欠けたことのない人などまずいないだろう。だから「シャローム」という言葉に含められた意味は「この世にあり得ないすばらしいもの」なのである。それを「あなたに贈ります」とイスラエルの人たちは言うわけだ。その言葉の背後には、「平和」「平安」というものに対する烈しい、そしてもしかしたら永遠に叶えられないかもしれないという悲しい希求がこめられている。日本人のように、「皆が願えば必ず平和になる」などという甘さはどこにもない。日本人は、水も電気も、緑も海も、与えられているから、こういう「たわごと」を言う。

和ほど、人間の厳しい意志の結果でしか手にできないものはない。悪い表現になるが「ぶっ殺してやりたい」ような思いに駆られる時、辛うじて思い留まる意志力、忍耐力、人生に対する総合的な判断力がなければ和など到達できるものではないのである。

日本人は子供も大人も、裏表のない人がいい、と言う。息子がまだ幼い時、私は比較的厳しく敬語と謙譲語を教えた。先生のことは、うちで噂する時も、「○○先生はお風邪を引いてお休みになってたんだけど、今日から出ていらしたようよ」と敬語を使っていた。私は子供が先生に、「お母さんがこう言いました」と言うのも許さなかった。「『母がこう申しました』と言いなさい」と小学校一年生の時から命じたのである。

するとある年担任の先生から「お宅の子供さんには裏表がある」と注意された。どんな裏表だろうと思って聞くと、敬語と謙譲語を使うから、先生と友達に言う言葉が違っているからだ、という。もうその頃から、先生自身が敬語も謙譲語も使えなくなっていたのである。私は子供に先生から何と言われても、この程度の日本語を使いこなせる人間にならなければならない、と言った。

大人になるということは、せめて裏表くらい作れるということだ。大人になっても態度に、正当な理由のある裏表もないような人間は、成熟していないのである。「ぶっ殺してやりたい」と思っても、実行しないのが、まともな大人ということだ。煮えくり返るほどの怒りがあってもそれを抑える。それが態度に裏表を持つすばらしさなのである。

和という字は、色紙に書かれたり、和菓子の菓子器のデザインにさえ使われるが、私はこの字が恐ろしくてたまらない。和を実現するには、生涯に渡る恨みや、はらわたの煮えくり返るような怒りを、抑え浄化し、別のエネルギーに換える高度の心理的操作が必要なのだが、私はたいていの場合うまく行っていないからである。

世界中には和などに美を感じることもなく、むしろあらゆる分野で闘って自分の力を誇示することこそ生きがいだと考える人も、現実にはかなりいる。私はその事実を、日本の政財界からも、中近東やアフリカなど百二十数カ国を歩いた時にも、否応なく知らされたのである。

想定外の人生
——どんな困難の中でも人間であり続けること

「和」を意識するには、「和」が必要とされる社会の概念が存在する必要があるだろう。放っておいても、皆が仲よくしているのなら、何も和をもって美徳とする必要もないのだ。

この原稿を書いているのは、まだ三月半ば、厳密に言うと、東日本大震災の発生からやっと五十時間ほどを経た時点である。

この天災は不幸な事件だったが、これによって日本は、再び世界に名を上げる機会を得たと私は解釈している。原発問題は最終結論を出すのに少し時間がかかるだろうが、それ以外では、被災民とそれを支える社会の仕組みを考える点で、日本人が整然とこの天災に立ち向かう姿を見せたからである。

被災地の住人たち、それを救う自衛隊、警察、消防、ほかあらゆる人たちは、どんな困難の中でも人間であり続け、自己犠牲的であり、秩序を乱さなかった。彼らの中には、後になってPTSD（心的外傷後ストレス障害）に苦しんだ人たちもいたというが、それでも彼らは任務をやり遂げた。何より災害時に、実に略奪も放火もどさくさまぎれの不当な利権や賄賂もはびこらなかった社会など、世界でほとんど皆無だと言っていいだろう。

分野を越えた組織が被災者に手を貸し、収拾のための手段を提供した。人々は逆上してもいず、絶望的な行動や暴力的な行為にも走らなかった。食事もガソリンもその他の救援物資も、自分に与えられる分を秩序正しく列を作って受け取り、時には自分たちの合意で分け合い、明らかな利己主義に走って分捕るような行為も見せなかった。

愛する人を失った人たち、家や家財道具のすべて、過去の思い出の品、職場までなくなった人たちは、もちろん暗澹たる心情だったろうが、それでも泣き喚くこともなく、必死で心の闇に耐えていた。日本人は抑制の利く民族であった。そしてこの種の心理の抑制なしに、複数の人間がかかわるあらゆることに成功しないのである。

　しかし、恐らく世界はこうはいかない。

　私は今までに百二十数カ国を見た。もちろんほとんどが途上国だった。アフリカだけで訪れた国は二十五カ国である。そのうちの多くが、最も貧しい国々の範疇に入る。

　その中には民主共和国を名乗る国もたくさんある。最近のアラブ諸国の変動の波は、「民主化」と呼ばれている。しかしそれらの国は、決して民主国家でもなければ、私たちの意識するような民主主義を目指してもいないだろう、と私は思っている。中国が中華人民共和国と言いながら、その主役が人民ではなく、中国共産党員であるのと同じである。

　何度も書いているのだが、民主主義は、安定した上質の電気が、国の隅々にまで供給されている国にしかあり得ない、という原則を持っている。それは私が中近東、アフリカとかかわるようになってから発見した現実である。民主主義と電気とは、不可分の関係にある。電気が国の一部にしかないか、あっても始終停電したりしている国にあるのは、民主主義ではなく、族長支配の政治体制である。電気がなければ、立候補者の政治的な意図も公平に伝わらなければ、得票数の素早い結果も出ない。実に民主主義の基本の第一の要素は電気なのである。

電気の背後には、水がある。水は生命の基本的なものだが、同時に、きれいなエネルギーと言われる水力発電とも不可分の関係にある。日本は山があるおかげで水にも恵まれていることのありがたさを、普段の日本人は意識しない。しかし砂漠地帯に行けば、それはよくわかる。

すべてのオアシスは必ず特定の部族の所有であり、そこから所有者の許しなく一ぱいの水でも飲めば、射殺されても仕方がない場合のあることは、しばしば言われている。しかし日本人は散歩の途中、道端に誰の所有ともわからない水道の栓があれば、ちょっと一ぱい黙ってごちそうになっても、咎められもしないし命はおろか金をとられることもない。

しかし水は命の源なのである。だからその管理には、日本人の信じられないほどの厳しさが要求される。

前原元国交相は、八ッ場(やんば)ダムを不必要だとしてダムの中断を決定した。その時の理由は、近年の統計を見ても、このダムの必要性は生活用水の面でも電力の面でも、必ずしも認められないということだった。

しかし水と電気の保有は、かなりの余裕があっても多すぎるということはない。東日本大震災発生以来、政府や気象庁や東京電力関係者が一致して言うことは、地震が想定外の規模だったということだ。前原元国交相の発言から、こんなにも早く「想定外」のできごとは起きたのである。それがむしろ人の世の常というものだろう。

神の奴隷部隊
——現世で最も上等な光栄ある仕事

東日本大震災の後も、私は雑用に忙しかった。ジャーナリズムはある種の軽薄さを持っていなければならないので、一日、二日締め切りを遅らせたり早めたりしながら、連載に震災のことにも触れてください、などと言われると、ついその要求に応じていたのである。その小さな努力一つで、原稿の新鮮さが違って感じられるのである。

しかしそれ以外にも、私には雑用が増えていた。震災前から、私がもう四十年近く働いている海外邦人宣教者活動援助後援会というＮＧＯが、その仕事の一環として、二〇一一年はマダガスカル南部の無医村地区へ、口唇口蓋裂や合指症などの手術をしてもらう形成外科医のチームを送ることを決めていた。そのための準備が始まっていたのである。

このNGOは、諸外国に送る援助費用の多くの部分が「盗まれる」のを防ぐために、海外で働く日本人の神父と修道女に活動資金をつけて支払いを厳重に管理してもらい、しかも私が私費で現地に行って結果を確認するという作業を続けて来たのだが、今度の医療グループの派遣もその試みの一つなのである。

しかしドクターだけを送っても、背後で準備のための雑用をする人間がいなければ仕事の効率は上がらない。こんな民間の仕事にも、「兵站（へいたん）」の仕事は必要なのである。最近は英語でロジスティックスを詰めたロジなどという日本語もできている。簡単な麻酔の器具を送ること。先方の国で、暫定的な医師免許の承認をもらうこと。日本から出せない麻酔薬をマダガスカルで買ってもらう手配。

私は生まれつき悲観的な人間なので、ロジには向いている面もある。つまり荷物を送ると、必ず途中で紛失するだろう、という想定のもとに働くようにできているのである。ロジには、最後には運を天に任せるというおおらかな姿勢も必要だが、その手前にはどれだけ悲観的になってもなりすぎるということはない。つまり荒唐無稽な手違いまで想定できる才能が、ほんもののロジの天才だろう。私はとてもそこまではいかない。

今回のロジは、私を含めて三人。私は「奴隷部隊」と呼ぶことにした。奴隷という概念が現在の日本にはないので、皆ひさしぶりに聞いたという顔をし、笑っている。ドクター・グループに対して、我々は奴隷グループというわけだ。

しかしこの命名は決して卑下した思いつきでもなく、言葉の遊びでもない。

キリスト教には「神の奴隷」（ギリシャ語ではドゥロス・テウウ）という神学的概念がある。人間の奴隷はその隷属の状態からみても悲惨だが、至高な神の命令を受けて働く「神の奴隷」は、現世で最も上等な仕事に就くのである。

原発の事故現場で働く下請けの作業員の言葉がＮＨＫで流されたが、皆自分がこの危険な仕事をやるほかはない、と言っている。自衛隊員の働きと同じだ。今の時代「怖いから逃げます」と言ったら、誰もその人を無理に留めておくことはできない。しかし多くの作業員たちは、自分から職務に留まることを選んでいる。すばらしい人たちだ。それはその人が、自分の仕事に運命的なものを感じて、今この日本で、今この時に、この国難を少しでも救うのに力のある人間の一人が自分だと思っているからなのだ。

私の回りには、七十歳、八十歳を過ぎても、世界の辺地で何十年と働き、周囲が「そろそろ日本で楽な暮らしをなさいよ」と言っても、休暇が済むとまた惹きつけられるように厳しい任地に帰って行く高齢な修道女たちがたくさんいる。日常的なことを言えば、アフリカなどの任地では、お湯のお風呂など入ったことはない。ホースの先に錐で穴を開けた缶詰の空き缶をつけ、そこからばしゃばしゃと落ちて来る水滴で埃を流すだけが日々のシャワーだ。

しかし、こうした人々の中には、或る時ごく日常的な場で神に会い、神との会話の中で「神の奴隷」になることを受け入れた人たちもいる。しかも多くの人たちは、そんなことを誇らしげに語りもしないし、神がかったところは一切ない。

今回の私たちの奴隷部隊は、パートタイムの寄せ集めである。どんな仕事をするのか行ってみなければわからないのだが、手術室の床の清掃、汚物の搬出、昼飯は毎日ほとんど食べないで働くというドクターたちが隣室できれぎれに「齧る」昼食の準備。それと手術を受ける子供たちの顔の「雑巾がけ」はあるだろう。子供たちの顔の汚れはこべこべに固まっていて、いきなり術前の消毒をしようにも、汚れの塊が融けて来て始末におえないことがあるという。我々奴隷は、前日に温かいお湯で、子供の顔の雑巾がけをするのである。

人間の世界には、本来なら誰にでも、神仏との間だけで交わされる声のない会話があるはずだ。その時、人間は神仏の光栄ある奴隷になることを無言で承認する。その経過なしには、厳しい「和」など実現しないだろう。

人間の限界
――常識を超えた現実がこの世には存在する

　この暑い夏が現実のものになり、誰もが節電に協力しなければならないことになると、私たちは少し改まって、自分はこの気候の変化にどれだけついていけるだろうか、と考えることになる。

　ほんとうは気候だけでなく、私たちは、食べ物の不足にも、居住区の設備の悪さにも、水の不足にも、通信機能の不備にも、電気がないことにも、すべてのことに耐える訓練を常日頃からしておかねばならないのだが、一般国民の訓練不足は目を覆うばかり貧しいものかもしれない。もちろんこれは、自分もその怠惰な一人と考えて書いていることなのだが。

　私は「神の奴隷部隊」の一人として五月からアフリカのマダガスカルに日本の形

成外科医を送って、貧しい無医村の口唇口蓋裂の子供たちに手術をしてもらうプロジェクトで働いていたのだが、その企画は無事に終わって、六月十四日にすべての人員が帰って来た。約十二日間に三十二例の手術をして、そのすべてが予後の感染症も出ず、順調な回復を見せたのだから、大成功と言うべきであろう。しかしドクターたちは、戦時下の野戦病院ほどではなくても、マダガスカル独特の不備に耐えながら手術をしなければならなかった。手術室は一応のレベルまで達した設備になっていたが、中の一人のドクターが見学している私に囁いて教えてくれた。

「曾野さん、我々は、普通の日本の病院だったら、決してしないような状況で手術をしているんですよ。第一に、術前に心電図を撮っていない。第二に血液型を検査していない。第三に、麻酔に使う酸素ボンベを固定していない……」

もっとあるのだろうが、第三の項目の前でドクターは笑っている。多分日本の手術室に酸素ボンベがむき出しで立っているなんていう光景は考えられないだろう。酸素は一定の場所から、つまり外部から引いて来ているのが普通なのだが、ここではボンベそのものが、室内におっ立ててあるだけなのである。

素人の私まで、酸素のことではずいぶん余計な心配をしたものであった。日本のドクターたちが当然要求するほどの医療用の酸素の量を、地方都市で確保できない状況だったのである。としたら、工業用の酸素を使うことは不可能なのだろうか、とそこまで私は考えた瞬間があった。

酸素ボンベは一本一千五百リットル入りで、あれが倒れてきたら、恐ろしい地響きがするだろうし、下敷きになったら人間は死ぬか死なないかは別としてかなりのダメージを受けるだろう。日本では、ボンベには必ず独特のホルダーがついていて、倒れる危険などないようになっている。しかしマダガスカルではそんなものは見たことがない、と、私より少し若いだけの老齢の看護師のシスターは言う。

「ボンベはいつもああしておいてありますけど、倒れたことなんか一度もありませんよ」

まあそれで済んでいるのが人間の暮らしの実態というものだろう。

私たちは日本のやり方通りに、一度手術に使った滅菌ガウンは、それで捨ててしまった。一袋十枚入りのガーゼは、二枚しか使わなくても残りはそのまま廃棄する。もっとも後で聞いたところによると、土地のシスターたちは、袋に残ったガーゼも大切に使い、使い捨てのガウンも洗って滅菌処置をして再び使っているというから、外科手術にも「マダガスカル流」が存在して、それなりに有効なことは想像がつく。

しかし私が今日書こうとしていたことは、そういうことではない。人間があらゆる要素に耐える技術を覚えるということは、実に想像以上に大切なことで、今の日本の教育はほとんどその点をなおざりにしているということだ。鍛える必要は心身の両面にあり、そのどちらが欠けても、人間は我を失い、和だの平和だのを全く考えられなくなる。

この暑さが続くと私がしみじみ思い出すのは、『砂漠の豹　イブン・サウド』というサウジアラビア建国史に書かれていたことだ。そこでは、厳しいアラビアの風土の中で生きて来た人々のことが触れられている。

「ほんとうのベドウィン（遊牧民）は、一握りのなつめやしの実と、一杯の水と、三時間の睡眠とで満足することを知らねばならぬ。われわれの先祖が一つの帝国を征服したのは、この原則によったのだ」

エアコンをつけないと脱水症に陥る危険がある、などという知識は世間にすぐ普及する。しかし五十度を超す酷暑の中で電気とは無縁で暮らして来た遊牧の民は、一日一ぱいの水で耐える肉体を作った。この事実は医学の常識を超えてはいるが、しばしば常識を超えた現実がこの世にはれっきとして存在する。

暑い夏になるなら、せめてこうしたことを考えるチャンスにしたいが、私は暑さに負けて思考を止めるだろう、と予測している。

愛されるよりは、愛することを
——相手を糾弾し続けた戦後の「平和教育」

私は一応キリスト教徒なのだが、信仰上は実に怠惰でいい加減な暮らしをしている。自分があまり善良な暮らしをするようになったら、私らしくない、とさえ思っているのである。私は「悪事も考えられる」という能力において、時々だが世間で働く。兵站の仕事とはそういうものだ。

それなのに私を知らない人ほど、私が「敬虔なクリスチャンだ」と書く。そういうことだけは書かない方がいい。なぜならそれは「きれいな花」と書くのと同じで、表現力のないことのあらわれだからだ。花が美しいということを書きたい時は、読者が「ああ、それなら多分美しい花なんだろうなあ」と思うような描写をすべきで、「美しい」という結論を先に述べてはならない。結論を先に言うのは、文学ではなくて公文書なのである。

自分には信仰など関係ないと公言している人は、東日本大震災の後でも祈りなどというものは認めないのだろうと思っていたが、不思議なもので人々は集まればまず黙禱を捧げている。死後の魂など認めないと公言している人でも黙禱の時間は無視しない。

信仰の世界には、後年長くあらゆる人の立場を超えるような普遍的な影響を残す行動、魂を打つ言葉を書き残した人がいるのはほんとうだ。

祈りは、自分の力の限度を知る人間が書いた一種の自己告白だ。聖書にはたった一つ神が自ら残して行ったという「主の祈り」があり、それは壮大な規模を持つ哲学だが、今日ふれようと思うのは、あくまで生身の人間が書いた生々しい人間世界からの祈りである。

一一八二年、イタリアのアッシジの大きな織物商を営む人の息子として生まれたのが、後年、有名な修道僧になったフランチェスコである。彼は一種の放蕩者として育った。酒を飲み、パーティーを開き、騎士に憧れて裕福な父に人も羨むような立派なよろいや馬を買ってもらっている。

しかしその後に転機が来る。神の命令を聞いたフランチェスコは、今まで自分が住んでいた贅沢で浮ついた環境を一切捨てて、ほとんど乞食坊主のようになって、修道者としての道を歩きだすのである。今、全世界に広がるフランシスコ会士たちの修道服は、フードつきのだぶだぶの服の腰を荒縄のようなベルトで締め、サンダルを履いただけの質素な姿だが、これはフランチェスコがかつての遊蕩的生活を捨てた時、贅沢な服を脱ぎ捨てて文字通りの裸体になった時、傍にいた人があわてて着せた服と、傍に落ちていた荒縄をベルト代わりにしたものだという。それが修道会の制服になったのである。

途中の経過を長々しく述べるのはよそう。私が今日書きたかったのは、このフランチェスコが書いた有名な「平和の祈り」である。

「私をあなたの平和の道具としてお使いください。
憎しみのあるところに愛を、
いさかいのあるところに許しを、
分裂のあるところに一致を、
疑惑のあるところに信仰を、

誤っているところに真理を、
絶望のあるところに希望を、
闇に光を、
悲しみのあるところに喜びをもたらすものとしてください。

慰められるよりは慰めることを、
理解されるよりは理解することを、
愛されるよりは愛することを、
私が求めますように。
なぜなら私が受けるのは与えることにおいてであり、
許されるのは許すことにおいてであり、
我々が永遠の命に生まれるのは死においてであるからです」
この祈りはまるで今日書かれたもののように私の胸を打つ。どの職場でも日常の生活でも、この祈りが「効かない」場所はない。
戦後の教育は、ことごとくここに書かれている姿勢とは反対であった。

「憎しみのあるところには裁きを、
疑惑のあるところには徹底追及を、
誤っているところには謝罪を、
闇や悲しみをもたらす政治には拒否を」
であった。自分がその解決に、まず一枚噛むという姿勢ではない。しかも解決は
いつも他人がしてくれるべきものであった。
「悲しみがあれば慰めが用意されるべきで、
理解されない時はあくまで理解を要求し、
愛したりすれば損をするから愛されることを求め、
受けるのは当然の権利で、国民が与えることを国家は期待すべきではない。
こちらが許すのは、相手が許してくださいと言った時だけだ」
だったのである。フランチェスコの「平和の祈り」と、たえず相手を糾弾する姿
勢をたたき込んだ戦後の平和教育と、どちらが和をもたらすのに有効か、時々考え
るべきだろう。

悪いこともいい
――ほんものの平和には、苦い涙と長年の苦悩がある

私は昔から、団体行動というものが苦手だったが、それは運動神経がなくて、体操の点がいつも悪かったからか、子供の時から不仲な父母の元で育ったので性格がひねくれてしまい、人との協調力に欠けたからなのか、よくわからない。

今になってみると、私は自分の性格が人づきあいがいい方がよかったのかどうかさえ全くわからなくなった。すべて人生のことは「いい方がいい」とは思うが、たまには「悪いこともいい」場合がある。ことに出版界の端っこにおいてもらって生きていると、円満具足ないい人ばかりが仕事をするのではないことがよくわかって来る。疑い深い人が内容のしっかりした本を作るだろうし、女々しい性格の作家にしか分裂しかかっている家族の不幸など書けないものだ。

つまり実質的なある精神の状態は、背後に必ずそれに相応する強い現実的な裏打ちがあるということだ。

私は四十代の終わり頃、中心性網膜炎という視力障害を起こす眼の病気にかかった。資料を読まねばならない小説の連載を三本も抱えていたからだが、この病気は「手形が落ちない社長がかかるストレス病」だと眼科の医師に言われた。普通は片目に出るのに、私は両方の眼が同時に冒されていた。

それでも私はどこかに深刻になれない性格があったのだろう。私は友人数人に電話をかけ、「手形が落ちない社長がかかるような高級な病気になった」と自慢したのである。

網膜炎自体は、環境を変えない限り何度も繰り返し易い病気だと言われたが、私は六本の連載をさっさと中断したので、きれいに治ってしまった。やはり手形の落ちない社長とは境遇が違ったのである。

網膜炎を治すために眼球に直接ステロイドの注射をしたのも適切な治療だったのだと思われるのだが、まだ五十にもならないうちに後極白内障は一挙に進んだ。後極白内障というのは、比較的若年に出る病気で、濁りが網膜に近い眼球の奥で始まるので、外から見ると眼は真っ黒なのに視力は初めから大きく障害を受ける。白内障はどんどん進み、ひどい三重視と、視界が暗くなることとで、私は全く読み書きができなくなった。

当時の私の視力を一番よくあらわしているのが、一九〇〇年以降のモネの作品である。あの澄み透る輝くような光の世界を描き続けたモネが晩年に苦しんだのは、白内障だった。彼が愛したジベルニーの庭からは、風さえも光っていたあの透明な歓喜の色は消え、チョコレート色に濁った輪郭のぼけた不明瞭な世界だけが残った。その頃の彼の作品をアメリカで見た時、私は胸がつぶれそうになった。私だけがモネと同じ苦痛と悲しみを知っているのだから、晩年のモネを書けるような気さえしたのである。

手術の結果、私は数万人に一人という奇跡的な視力を得た。眼鏡はもう不要だった。子供の時から眼鏡をかけている私の顔しか知らない同級生は、気味悪がったくらいだった。

その頃の私の心理の動きを今ここで書くつもりはない。私はあまりの感動に鬱病になりかけたくらいだった。しかしそれが過ぎると、私は景色が見えないかつての私と同じような視力障害のある人たちと、イスラエルへ行って、私がラジオの実況中継のように言葉で状況を説明をしながら旅をしてもらいたい、と思うようになった。結果的にそういう旅を、私は都合二十三回したのである。

初めは視力障害者だけだった旅は、その後、車椅子の人たちも増えて、ボランティアとして支える同行者は、障害者の入浴の手伝いもするようになった。私たちの旅行の特徴は、ボランティアをする側と手助けを受ける側とが全く同じ費用を払っていたことだ。

脳梗塞の後などで、全く体の動かない人に入浴をしてもらうには、力と技術がいる。力の方は、その時々で松下政経塾の塾生たちや、私が勤めていた日本財団の職員がやってくれた。しかしうまく体を洗うには、特別なこつが要る。ある年、私たちは自然に一人の婦人が教えてくれるやり方で、全く四肢を動かせない女性に毎日入浴をさせるようになった。

「あなたのおかげで、皆が楽にお風呂に入れられるのよ。どうしてこんなによくこつがわかっていらっしゃるのかしらね」

と私は何気なく礼を言った。

「姑に長い間、いじめられましたから」

とその人は言った。しかしその語調には、もはや暗い恨みがましい響きはなかった。

「そうだったんですね。そのお姑さんのおかげで、今、日本のご自宅ではシャワーしか入れなかった方も、こうしてお風呂に入れるようになったのね」

その人の眼からその時、涙がこぼれた。何年もの後の、ほんものの姑との和解の涙だったのだろう。ほんものの平和には、多分苦い涙と長い年月の苦悩が必ず要るのである。

岩漠の上の優しさ
――性格も才能も平等ではない。運命も公平ではない

今でも世間は、平等と公平を希求し続けるが、私の見るところ、人間に完全な平等も公平もあるわけがない。

私は山本富士子さんという、今はもうあまり活躍していらっしゃらないけれど、かつてのミス日本だった絶世の美女と同い年だ。いや今の人たちには、エリザベス・テーラーとほぼ同年だという方が理解されやすいかもしれない。晩年のエリザベス・テーラーは車椅子に乗った厚化粧の老女になってしまったが、昔は完璧な美少女で、やはり終生その魅力は尽きなかったのだろう。最期までマイケル・ジャクソンのガールフレンドの一人だったということになっている。

同じ女性と生まれて、一人は世界的美女になり、その他大勢はそうでない。これ

ほど簡単に、人間は平等ではないことを示しているものはない。

マリリン・モンローが死んだ時、検死で彼女の正確な身長体重が初めて発表された。驚いたことにそれは、彼女より数年年下だった当時の私の身長体重と全く同じだったので、私は会う人ごとにその話を吹聴することにした。するとほとんどの人がうんざりしたような表情をするのだった。その中の数人は極めて率直だったので、理由を説明してくれた。同じ身長体重にしても、つくべき場所に肉がついていないと全く別物だ、と言うのである。

私は数学も幾何も物理も、全く不得意である。というか、生身の人間が出てこない場面に興味が持てない。軍隊で言えば、私は禁じられている化学兵器の研究には向かないだろうと思うが、情報収集をやらせたら、のろまに見えても十人の中で一、二を争う腕前を発揮するかもしれないと思う。私の観察癖は生まれつきのものなのである。つまり物も人間も使いようだということだ。

性格も才能も平等ではない。運命も公平ではない。しかしその偏った才能の使い道や、幸福を感じる能力は、それとは全く別の機能で動いており、比べようがない。

戦後の教育は、平等であり公平であることが、可能であるかのように教えて来た。

そしてその原則が守られない場合には、社会が病んでいて、どこかに「悪い奴」がいるのだ、というような教え方をして来た。しかしこんな単純な理由づけは、もし大人たちが人並な眼力で世間を見ていたらとうてい通らないようなものだ。

或る人は、誰かに面倒を見てもらうより、常に人の世話を見る立場になってしまう。よく世間には、子供の時からいつも一家の中で貧乏くじをひいているように見える人が出るものなのだ。幼い時に実母が死んで継母が来る。継母は自分の生んだ子供、つまり弟妹たちばかりをかわいがり、継子である自分はお菓子一つ、弟妹たちとは同じにくれない。それなのに継母が年をとると、実子たちは皆母親の世話をするのを嫌がり、結局いじめられた継子である自分が面倒をみることになってしまった、などというケースはよくあるものだ。

ほんとうに割に合わない話だと思う。しかし私のように長い年月世の中を見て来ると、人間はどちらかと言うと、この手の貧乏くじを引いている方が穏やかな暮しができている場合が多いことがわかってくる。というか、もらう立場ばかり狙っている人は、ほとんど誰とも「人間としてかかわった」ことがなくて済んでしまうので、一生ぎすぎすした性格ばかり助長され、誰から見ても羨ましい人生を送っているとは言えないように見える。

かつて私は、アルジェリア南部のサハラを一日二十キロ歩いて洞窟に描かれた古い岩絵を見に行ったことがある。目的地は自動車道路というものは全くない月面状の岩漠のかなたで、アルジェリア人とフランス人の混血だと自称する土地のトゥアレグ族のガイドは、まだ子供の頃から父親に連れられてこの辺の荒野を歩いていたから、サハラは庭のようなものだとは言っていたが、それでもかなり精密な衛星写真を持っていた。

私はほんの身の回りのものを数キロ分しか背中にしょっていなかったにもかかわらず、十キロ近く歩くと、もうその荷物が重くてたまらなくなって来た。するとかつて大学のワンゲル部のようなところで鳴らした同行者が、私のリュックを引き受けてくれた。そのおかげで、私は二十キロの行程を二日がかりで往復歩くのに落伍しないで済んだのである。

その時、荷物を持たせて申しわけなかったという思いを、私は、まだ改まってその人に言ったことはない。彼も年をとり、私はその後、両足のくるぶしを骨折して、軽い障害の痕跡を残した。今の私はあの岩漠を二十キロは歩けない。しかし私はあの時、負い目を感じながら、自分は一生、できたら人の荷物を引き受けて歩く立場になりたいと思ったのだ。

戦場で他人の荷物を持ってやることは、もっと大変だろう。しかしそんな立場を取れる人こそ、現実の「和」を作ることは間違いない。

捨てられるという贈り物
――すべてこの世にあることは無駄ではない

実際の生活の上で生か死か追い詰められるという状況に、私は陥ったことがない。空襲は体験したが、あれは一方的に攻撃されるので、反撃の余地は全くないものであった。

しかし人生で、困難に陥ったことはある。「窮鼠、猫を嚙む」というのはこういう場合かな、と思われる時だ。しかしそこでうっかり猫に嚙みついたら大変だ。猫は私という鼠に前足を蹴られるだけで済むが、怒った猫が私という鼠に反撃して来たら、私の首は嚙み切られるかもしれないのである。

普段の私の性格は気が短い方だと思っている。何度か美容院を変わったのは、技術が気に入らないのではなく、ひたすら丁重ぶってつまらないことに待たせたからである。私はさっさと仕事を始めてくれればいい、といつも急いでいるから、セレブ風の美容院の空気になじまないのである。

しかしほんとうの「和」の機会を摑むのは、待つことのできる温和で強い性格だと、よく知っている。家族の中の対立でも、友人の関係でも、状況は常に変わるからである。変わらない関係は一つもなかった。強情な性格で死ぬまで変わらなかったという人はいるが、他の要因は変わるのである。

私は今までに二人の人から絶交を言い渡された。どちらも女性であった。私からそんなことを告げたことは一度もない。男から言われたこともない。多分男はそんな場合、さっさと遠のいて行くだけなのだ。女性の方が誠実とも言える。もう付き合わないと言われて私は当惑したが、その通りにした。二人とも理由を告げなかったのが不思議だった。喧嘩別れするくらいならはっきりと「あなたのこういうところが嫌いなのよ」と言えばいいのにと思ったが、二人共、日本人的な控えめな美徳を残していたのだろう。

私を嫌ったのは決して二人だけではないはずだ。他の多くの人は、黙って私を捨てたのだ。捨てられる立場というのは、優しくて穏やかでいい、と私は考える。ことに捨てる女より捨てられる女になる方が私は好きだ。捨てられている間に時間が状況を変質させることを信じているのである。私を捨てた二人のうちの一人は、数年後に連絡を取ってくれた。私は何事もなかったかのように友好関係を復活した。絶交の理由はわからないままだったが、わからないままなことも現世にはたくさんあると私は思うようになっていた。

私がそれとなく絶交して避けようとした相手は、すべて男性であった。女性ではそれほど嫌う人がいなかったのは不思議である。やはり同性は、理解するのが簡単なのかもしれない。

時間は、終生、私にとって偉大なものであった。時間は、私の中の荒々しい醜さの、常に漂白剤でもあり、研磨剤でもあり、溶解剤でもあり、稀釈剤でもあった。時間は光でもあった。まだ日の出前に字を読もうとすると暗くて見えないことがある。フェルメールの絵の人物が常に窓際にいるのは、電気のない時代の人たちは、現実問題としていつも窓際でしか充分な光度の中で手紙も読めず、針仕事もできず、子供もあやせなかった。光は時間と共に射すこともあり、同時にまた時間と共に消え失せる場合も多いのだが、その変化が人間に多くのものを語り、教えるのである。

私はむしろ、和という観念が苦手であった。和というと、私は一時代前の菓子器の蓋に書いてある字か、校長先生の色紙しか連想しない。

しかし和は実は偉大でむずかしい徳である。そこには、身も心も削るような辛い許しと慈悲が要る。しかし同時に、その許しと慈悲を実行するだけの強さも要る。私にはその気力がない場合も多い。

和は、誰かとパレードをすることでもなく、合唱することでもなく、一緒にお祭りをすることでもない。和は共に耐えることなのだ。そして私は、私のような人間と共に耐えてくれる人のことを、家族であろうと友人であろうといつも深く感謝していた。

近年、自衛隊が海外に派遣されることが多くなった。そこで多くの隊員たちは、これが同じ人間かと思うような違った思考に出会うだろう。と同時に、どこにも人の心があるのだ、という僅かな例にもぶつかるだろう。

簡単に和など信じていたら、それが元で命を落とす。この地球上に普遍的なのは、むしろ相手を信じないことだ。自分と家族と味方を守り、そのために戦うことなのである。外国人である我々は、基本的に家族でもなく味方でもない。しかし敵対部族といえども、砂漠では水とパンは与えねばならないという砂漠の民の掟は、そこで初めて輝くのである。

すべてこの世にあることは無駄ではないのだ。たとえば、新聞記者は記者である前に重厚な人物でなければいい記事は書けず、自衛隊員は、自衛隊員である前に魅力的な人間であり、軍人として成功する前にいい人生を送ってほしいと願っている。すべてのできごとと時間はそのために気長に用意されていると思えばいいのだ。

第四章　終わりがあればすべて許される

何か一つだけ
——人間は万能である必要はない

私は長い人生の中で、いろいろな人からうまく怠ける方法を習った。人間として生きていく以上、最低のお金も要るし、家の中をゴミの山にしておけば喘息にかかるかもしれない。だから、市民として、人からひどく侮蔑もされず、他人をさげすむこともなく、「まあ、ほどほど」で生きるのがいい。お互いにあるがままを認め合って侵し合わずに生きるのがいいのではないか、と考えたのである。

ところが世間には、この基本的なルールを破る人がいる。人だけではなく、いわゆる国家も覇権国家と呼ばれる領土拡大を常に狙う国家が出現し始めている。かつての日本を覇権主義だ、帝国主義だと呼ぶような国が、今では地下資源を狙って、覇権主義国家の最前線を走っているように見える。

人間でもとにかく自分が主導権を握らないと嫌だという人がいる。そういう人が一人でも同じ職場に勤めていたり、同じマンションに住んでいたり、子供が同じ学校に通っていたりすると、理由もなく標的と決めた特定の人を、とにかくいじめるのである。

人をいじめるという性格は、一つの特徴を持っている。強いように見えていて、実は、弱いのである。「自分は自分」という姿勢がとれない。

弱いとは言っても、病弱なのではない。特に容姿が劣っているわけでもない。子供が病気なのでもなく、夫が失業しているのでもない。強いて言うと、当人に、「特徴」がないのである。

人間は誰でも、何か一つ得意なものを持っていれば、大らかな気分になれるものである。女性の場合、他人は知らなくても、簿記とか栄養士とかの資格を持っていたりすると、仲間の裁縫の上手な人に、「あら、いいわねえ。自分でお寝巻が縫えるなんて。私お裁縫てんでダメなの」と穏やかに言える。ホメられた相手は気分がいいからいい関係が生まれる。

人間は何も万能である必要はない。万能な人がいないのは、「一日が二十四時間」という時間の制約がある限り、万能になれるわけがないからである。

　私は文章は書けるが、他のことはほとんどうまくない。走ること、重い荷物を持つこと、最近ではコンピューターなどのＩＴの先端技術を使いこなすこと、すべて子供にも劣っている。しかし表現力という力は、考えてみるとかなり大きくて強い武器である。私は偏屈なところがあってあまり人中に出て行かないけれど、多分その気になれば外交にも経済にも役に立つ技術である。

　私個人としては、料理ができることが最大の特徴だと思っている。残り物の材料だけで、できるだけ手抜きをして――ニンジンを花形にくりぬくなどということは一生に一度もしたことがない――材料は少しも捨てずに、素早く作る。野生の動物はライオンでも熊でも、自分で食料を調達しなければならない。それをしないで楽々と人間に餌をもらえる家畜は、人間に食べられてしまう運命にある。だから自分で餌を調達する、という能力は動物の基本である。

　最近は、料理を全くしなくても生きて行けるようになった。インスタント食品の多さ、おかず売場の繁盛、お弁当配達業の普及がそれを表している。しかし、万が一災害が起こり電気もガスも流通機構もすべて動かなくなったら、人間は手持ちの材料を使って薪で炊事をするほかなくなる。そういう時、ご飯もどうして炊いたらいいのかわからず、野菜の煮方も知らないという人の心底には、基本的な不安があって当然であろう。

つまり基本的な自信喪失である。この自信のなさは、普段は見えない。誰もその家の日常生活を覗いたことがないからである。しかし人間の意識下に影響を与えると思う。

私は五十歳を少し過ぎてから、ラリーではなくてサハラを縦断し、それから途上国に度々入って日本にはない暮らしに馴れた。

水道も電気もない日常。不潔と病気。けちなコソ泥棒やカラシニコフ一挺くらいは持っている強盗予備軍のいる土地。よく落ちるという評判の航空路線と、時速十五キロしか出せない悪路。汚職と賄賂。その間に光る人情と家族の優しさ。人間生活の最低線を知って、私は自分に多くのことを望まなくなった。それは私が年をとったからなのだが、若い頃からその傾向はあった。心身共に自分で生きていけることを目的とし、何か一つだけ人よりできるものがあれば、それによって社会に参加できるから、それが穏やかな生活、つまり「和」のもとだと考えていた。

国際社会で生きる条件も同じだ。自国を守って生命財産の平安を脅かされないこと。食料、水、電気その他を自給自足できること。そして、国際社会であの国は優れていると言われる特徴を最低一つ以上持つこと。それが世界の中で安全に生きる術というものだろうと思っている。

思考の源流

——働きたくない者は、食べてはならない

「働かない者は食べてはいけない」と昔の人は言った。聖書にも、同じような意味の言葉がある。

それが当然と、昔の人は思っていた。「蟻とキリギリス」の話も同じ趣旨である。夏の間中、苦労して働き続けた蟻は、冬も食料がなくなることはない。しかし夏の間歌っていたキリギリスには、冬を越す命は与えられない。

因果応報ということは、長い間、人類の歴史の中で、当然の帰結と思われていた。よいことをすれば報われる。悪いことをすれば、ひどい目に遭う。それが誰の目から見ても妥当なことだったのである。

しかしそこに運というものが介入して来る。どんなにいいことをしていても、ろ

くでもない結果になることもある。サマセット・モームは、「蟻とキリギリス」という名短篇の中で、怠け者で借金ばかりするいいかげんな性格の弟が大きなアブク銭を摑み、律儀な秀才の兄を歎かせる話を書いている。世間が、「いい人志向」「勤勉礼賛」ばかりに傾くのにいいかげんうんざりしていたのだろう。

私も、人間の社会で運は大きい、といつも思っている。今まで飛行機事故に遭わなかったのも、ひたすら運の結果である。だから幸運でも思い上がらず、不運に遭った人にはちょっと手をさし延べるのがいい。

ただ最近の世の中では、基本的発想がくずれて来た。たくさん働いた人と怠け者が同じ結果を得るのではおもしろくない。さんざん遊んで浪費した人と、爪に火をともすようにして倹約して来た人とが、同じ老後の経済状態になるのでは、正義が通らない。

しかしその点は無視されたのである。平等はどんな人にも平等でなければならない。だから私たちの周囲には、生活保護を受けている人が増えた。現在の貧しさの原因が、その人の心がけが悪かったからであろうと、現在食べて行けない人を、私たちは支えて行くことになる。

人間が助けたいと思う相手は、病気などで働こうにも働けなかった人である。しかし今は先進国では富より貧乏が強いと思うことがある。怠けて貧乏になってしまっても、必ず食べるものがある、生きられる、という社会も又、考えようによっては筋が通らない。

こういうことを言うと、今の社会ではやっつけられる。人道的でない、と言われたり思われたりすることほど困ることはないので、先手を打ってそういう人を非難する。こういうこんがらかった状況を時々冷静に分析して考えてみることは必要だと思うのだが……。

治療優先順位の選別
――美に殉じることは、最も人間的な選択

現在生きている多くの日本人は、人格の形成を戦後に行ったのだが、そこでは、皆が等しく賛同するような「良き事」を満場一致で決める習慣があった。真理の追究、言論の自由の確保、公正な裁判の実施、平等の思想、少数民族の保護、などである。これらは、昔風の言葉でいえば「真善美」のうちの真と善の範疇に入る。そしてこの二つのものの共通した特徴は、ほとんど反対者がなく、「皆と一緒」に行動できる安心感があることだ。

しかし最後の一つ、美に関しては、戦後教育は全く教えて来なかった。美というと美術の教育だと思っている人が多い。美はそんな表面的なものではなく、その人の生き方の根幹を、全く個人的に、一人で決めて実行する思想である。教育は、そ

んなものがあるということさえ教えなかったから、そのために必要な勇気についても全く触れなかった。

先年、或るシスターに会った時、「曾野さんのご本で、私はトリアージュについて教えられました」と言われた。「え？」と私が聞き返したのは、私自身がそんな言葉を知らなかったのだから自分が書いたわけはないと思ったのだ。トリアージュは、「治療優先順位の選別」という意味で、たとえば地下鉄サリン事件の際の現場の地下鉄駅のように、そこに軽症重症取り混ぜて怪我人がいるような場合、救うことができると思われる患者から治療を施すことである。平等とか、受け付け順とか言っていたら、助かる人を助けられない。私がそのようなことについて書いたとすれば、アフリカの貧しい産院を舞台にした『時の止まった赤ん坊』という作品の中で、アフリカにはいくらでもこの手の選別を行わざるを得ないような厳しい現実が待ち構えていて、これは平等などという凡庸な道徳ではカバーし切れない意志決定の基準だというテーマに触れたからかと思う。

これが今まで置き去りにされていた美の領域だ。

美とは、欲得の計算を遠く離れて、自分が美しいと思う姿に殉じることである。

美に殉じることだけは、誰も——親も教師も——教えられない。自分を犠牲にして他者を生かす、という行為は、人間だけにしかできない最も人間的な選択で、しかも仲間と一緒にできることではない。戦後民主主義が、完全に教えられなかった領域だ。老年を長く生きるようになったら、時間はたっぷりあるのだから、最後に手つかずに残された自分独自の「美」の世界とは何か、考えて終わりを迎えるべきだろう。

姥捨ての村

——老いに毅然と向き合えない、日本人の悲しさ

後期高齢者を別枠にして保険制度を作る政策を社会全体が怒っているらしい。私の周囲にはあれは当然なんじゃないの？　と言っている人がけっこういるのだが、ほとんどその派の意見がマスコミに出ることはない。私の記憶する限りテレビで「見直すったって財源がはっきりしませんとね」と言った老女が一人。エッセイでは賛成派が一人だけいた。私は賛成だとあちこちに書いているが、或る週刊誌の談話取材で、「賛成です。医療費も私のように働いている者からはもっと出させていいんです」と言ったらその意見は載らなかった。取り上げられた人はすべて反対派ばかり。一人の意見が載らないのは構わないのだが、反対派ばかり集める形で情報を操作する週刊誌を作る雑誌社は将来が怖い。

もちろん霞が関のお役人のご苦労知らずにはびっくりする。そもそも「後期高齢者」などという言葉を使うだけでかっとなる人たちが多いだろう、となぜ推測できないのだ。言葉に関する感覚と教養がないのである。

しかし日本人も悲しい。年寄りが毅然としなくなった。人間いつかは必ず死ぬ。「老人に死ねというようなものだ」というのが最近の流行語だが、言われようが言われなかろうが老人は死ぬのである。当然のことを言われて怒る神経が後期高齢者の私にはわからない。

アフリカの或る村で、私はほんとうの棄民、姥捨てを見たことがある。アフリカではしばしば死は自然のものとは考えられず、誰かの呪いの結果だと信じられている。だから呪いをかけた者は、村の共同体から追放する。というのはもちろん表向きの理由で、実は村民の暮らしの経済的なじゃまになる高齢者の、主に女性を始末するという目的がその制度に含まれていると思う。

呪術師は呪いをかけたと思われる犯人を断定する。それが村長のご母堂であったりする可能性はまずないだろう。選ばれた老女は村を追われ、住居も食物も与えられず、付近を放浪する。たまには孝行息子が密かに母に食料を運ぶこともあるらしいが、そのような悲惨な運命に遭った女性と少数の男性、合わせて五百人以上を集めて、とにかく生かしているカトリックの施設を訪ねたことがあるのだ。

「老人に死ねというようなものだ」と世間が騒々しく言うのを聞くと、私はいつもこの施設を思い出す。日本では、どのような老人にも、ともかくも衣食住を与え治療をする。それでも老人に死ねというようなものだ、とは、世界的レベルでは言わないのである。

エコばやり
——相手の立場を考えることができる、というのは知性の結果

小さな講演会で話をするようにと言われたので、会場に行くのに、我が家の車を秘書に運転してもらって行くことになった。私は二年半前に足首周辺の骨を何カ所も折って、それを釘で止める手術を受けた。その後遺症がまだ残っていて、電車を乗り継いで会場に行くのは日によって少し無理があるのである。

会場で車を降りる時私は、「車の中にいると寒いから、喫茶室にでも行って、コーヒーを飲んで待っていらっしゃいね」と囁いた。

酷暑の夏の日中と極寒の冬に、運転者が車の中で待つことになると、どうしてもエンジンを掛けっぱなしにして、空調を使うことになる。待ち時間にはエンジンを切っていなさいというのは、暑気と寒気にさらすことだから、人間的でないだろう。

最近の風潮は、エコばやりで、講演などのテーマとしてもよくエネルギーを大切にすることが取り上げられる。そういう講演会の陰に、こういう矛盾が発生しているのである。主催者がちょっと惻隠（そくいん）の情をもって「運転手さんもこちらでお休みください」と控室に通してくれれば、それで済むことだ。講師の私がステージに出て行けば、講師控室は無人の部屋になることも多いのだから、運転者は快適な気温の部屋の一隅で休んでいられる。しかしエコ問題の会議でも、そういうところまで配慮のできる主催者はほとんどいない。

相手の立場を考えることができる、というのは、知性の結果である。どんな優秀な大学を出ていても、こういう点には全く気がつかない人が近年多いのは、多分昔風に言うと「しつけが悪い」のだろう。

一方で、自分はこんなにエコに気を遣っているのに、人はそうしないと言ってきつく非難する人が出て来たのも近年の特徴である。エコ運動は、他人がそうしなくても、自分だけは守り続けるという姿勢を貫けばいいので、エコの姿勢を示すことが自分の道徳性を示す証だと思ったり、エコ運動にずぼらな他人を非道徳だと言って責めるのは、嫌な風潮である。エコさえ守れば、自分は上等の市民であるかのような態度は、的はずれというものだ。

一人の一票は確かに貴重なのだし、一人の人間の一生がどれほど重いものかも、私たちは身近の人生を見ているだけでよくわかる。しかし同時に自分は六十億を超える地球人の一人に過ぎないのであって、大した存在ではない、と思う平衡感覚も大切だろう。

記録という平和な武器
――記録を採る習慣が組織を救う

東京電力福島第一原子力発電所の事故後、一号機への海水注入を行うことについて、官邸と保安院と東電との間で、喧嘩か責任のなすり合いが始まった。「言った」「言わない」「知らない」「伝えた」「連絡を受けていない」式のやりとりだから、ことがこれほど重要でなければ、世間にいくらでもある喧嘩の典型的タイプである。

会社や組織の中での喧嘩は、いつも、「自分は連絡を受けていなかった」「そんなことはない、ちゃんと伝えてある」の形式を取る。いつか親しいカトリックのシスターが、「修道院の中でも喧嘩するのよ」と言うので私は嬉しくなり、「シスターたちの喧嘩の原因てなんです？」と尋ねたら、「連絡をした」「そんな知らせは受けていない」ということなのだという。「なあんだ」と私は少しがっかりした。修道院の中なのだから、もう少し神学的高級な問題の対立か、それとも好きなお菓子をあの人が食べてしまったというような動物的な対立かと期待したのに、これでは世間の会社と同じだ。

しかし組織が喧嘩をしないためには、記録を採る習慣が非常に大切だ。私は前に勤めていた財団で、もし何か少しでもおかしいと感じたら、その段階から記録を採る習慣を職員に要請した。「○月○日、××の件で、どこそこの△△さんと名乗る人から、根掘り葉掘り聞くという感じの電話を受ける」から始まって、その問題に関するあらゆる人のあらゆる種類のアプローチを、とにかく記録しておくのである。これは非常に大切なもので、後になって大きな働きをすることがある。

原発事故などというものが発生した時には、その瞬間から記録班が動き出すことが大切だ。すべての連絡、主な会話、やりとりした書類、外部の反応などを、何月何日何時何分単位の時間をつけて記録する。

アメリカは沖縄作戦に「戦争歴史班」を同行している。勝ち戦なら宣伝の意味もあるだろうが、記録は一種の武器なのである。しかし今のように国民皆がマンガしか読まず、ケータイでチャットするにも絵文字だらけという読み書きの能力不足では、「誰がいつ、どこで何をした。いかなる方法で、何の目的で」というたった六つの要素をおさえた報告書も記録文も書く能力を持たないだろう。入社試験の時、作文能力を重く見て人を採らないと、会社の命運にかかわることになる。

行き止まりは結論ではない
——人間の生活は死ぬまで変化し続ける

東日本大震災の後の東京電力福島第一原子力発電所の後始末のことや、拡散した放射性物質の影響をどう考えたらいいかということについて、私は全く語る知識はないのだが、最近は改めて眼の覚めるような考え方に接する歓びというものを知るようになった。

「ＭＯＫＵ」二〇一一年十二月号で理化学研究所播磨研究所所長・石川哲也氏は次のように話しているのである。

「だから、『原発は悪だ。止めろ』という単純な答えに向かってしまうんですね。もし、原子力に替わるエネルギー供給が確保されるならば、それでいいのです。あるいは、原子力を停止させることが、新たなエネルギーを生み出す方向へ加速させることもあるかもしれない。ただ、かつての『原子力は安全だ』という思考停止の安全神話をそのまま裏返しにして『原子力は悪だ』と言っていても、結局は同じ思考回路であることに変わりはありません」

これは私にとっては非常に快い考え方である。私たち人間は、普通行き止まり型の考えが好きなのかもしれない。こっちがだめなら、あっちだ、という考え方だが、そのどちらも実は行き止まりである場合が多い。

氏の対談相手の井原甲二氏（同誌主筆）も言っている。

「日本人の傾向として、すぐに『できないこと』の理由探しを始めるんですが、『できること』と『できないこと』を明らかにして、『ここまではできる』『こうすればもっとできる』を積み上げていくことが重要ですね」

昔、私の勤めていた日本財団は、虎ノ門にあった。しかし交差点を一つ過ぎるとそこは霞が関の官庁街になる。私は若い職員たちに言った。

「交差点の向こうは、できない理由を素早く言う秀才が住む町です。しかし交差点からこちら側にいる我々は、どうしたらそれができるかを考える鈍才の町の住人だという自覚を持ってください」

財団の職員がすばらしかったのは、私のこうした不真面目な言い方に、とっさに反応して笑ってくれたことである。鈍才と言われて怒る人など、一人もいなかったのだ。

死ぬまで人間の生活は柔軟に変化し続ける。「これでおしまい」と言って人間が楽をできるのは、ほんとうに死んだ時だけなのだ。震災後でも、生きているうちは、思考も行動も休めることはないらしいのである。

末席からの眺め
——終わりがあればすべて許される

　現在の私は気が短くて、そのためにしばしば人の気持ちを害したり、失策をしたり、転んで足首を折ったりしているが、昔は何につけても行動が遅かったのである。料理も手際が悪い。靴を運動靴に履き替えるのも遅い。飛行場で飛行機に乗り込む時も、たいていは最後に近く列に並ぶ。

　終わりというのはいいものなのだ。終わりには答えがついて来ることが多い。最初に乗り込むのは探検家で、前人未踏の境地を探るのだから勇気が要るし、世間の注目を引いてしまって気が休まらない。その点、頭があまり明晰でない者でも、終章に立ち会えばほぼ意味が見えて来る。大勢の人の集まる会場でも、最後列ほどその場の空気がわかる席はない。

人生の終わりになって、死を恐れる人は多い。宗教家の中にさえ死を怖がる人もいる、と非難する人もいるが、私は当然だと思う。むしろ「信仰があっても死は怖いですね」という人の方が、自然で正直でいいと思う。

私はまだ死の告知を受けたことがないので自信を持って「私は平気です」などとは言えないのだが、それでも時々、万人が必ず終わりを迎えるのは平等だし、何より楽になるのだから、いいことだなあ、と思うことはある。終わりがあればすべて許されるのだ。他人の世話でも、性格の合わない人との同居でも、期限がはっきりしていればそれほど辛いことではない。自分の性格が悪くても、家族に「まあ何十年かの間、迷惑をかけます」と言えるのは、死があるからである。歴史上の人物は、たいてい傍にいたら耐え難いめんどうな性格だろうが、彼らがおもしろい人物、愛すべき存在となり得るのは死んだからである。そういう人たちにいつまでも生き残っていられたらたまったものではない。小説家などという偏頗（へんぱ）な性格の人間たちも、個人的にお知り合いでなければ、あまり被害を被らなくて済む。

書きたいと思っていてまだ書けない短篇がある。偽ギリシャ神話風に、死ぬことのできなくなった神の悲劇を書いてみたいのである。しかしギリシャ神話の世界は、基本的に享楽的だから、死に対するそうした解釈は不可能だろう、という説もある。「クレオビスとビトン」の物語は、最高の人生の終わり方としての若い兄弟の死を描いているのだが、死ぬことができなくなるという悲劇は想定外らしい。しかし私は日本人だから、日本的な終わりの美学、消えることによる眺めのよさ、展望の開け方を書いてみたいのである。

第五章　失意挫折を不運と数えてはいけない

お子さま風が大繁盛
――誰もが苦しみに耐えて、希望に到達する

私は年を取って来たので、最近は日本の将来を憂う気持ちが次第になくなって来た。努力をしなかった当人が困るより仕方がないではないか、と突き放した見方をするようになったのである。

よく戦争を語り継がねばならない、などと言う人がいるが、体験というものは、当人さえ年々歳々記憶が薄れる。ましてや他人の体験した恐ろしい話など、初めから別人の意識に移し植えられるものではないのである。うっかり語り部をくり返したりしていると、昔の講釈師のようになる。ここぞと思うところに軽薄な定型の語り口調ができて、聞いている人にほとんど感動を与えられないどころか、ぞっとするような気分にさせる。

恐怖にしても悪にしても、それを描写する時には個性と意外性が要るものだ。たとえば自分の生命を奪うかもしれない敵の爆撃機の編隊が翼を銀色に光らせながら堂々と東京の上空に侵入して来る時、一瞬にせよ、「あ、きれい！」と思ったり、消火のための水をバケツで運びながら、自分の好きな歌を歌うのをやめられなくなったりする。語り部の話には、そういう部分が欠落するから私は信じないのである。なぜ欠落するのかと言えば、こと戦争に関する限り、少しでも明るかった、おもしろかった、自分の心の成長にプラスになった、と言えば、それはまず不道徳なことと非難され、次いで嘘だと言われかねないからである。

最近の日本には、実人生の現実の部分がますます稀薄になって来ている。実人生というものは、必ず雑多な要素を帯びている。昔の人はそれを「楽あれば苦あり」とも言ったのだ。その逆もあって、英語の諺には「すべての雲は輝く内面を持っている」というのがある。悪いばかりじゃないよ、ということだ。

現実の生活には、「今はこうです」という状態と、「こうあってほしいです」という希望的方面とが、ないまぜになっている。現実の自分はあまり美人とは言いがたい、と不満を持っている人は多分多いだろう。だからこそ美容整形が流行るのだ。

女性なら美しくあらねばならない、と思っている人がいるから、希望も目標も生まれる。しかし現在の日本人は次第にこの不足、不満だらけの現実の生活を、政治の貧困だの、成功者や富裕階級だのの横暴のせいだとして許さなくなって来た。

もう何十年も前に、夫は、亡くなったソニー会長の盛田昭夫さんと知り合いになった。うんと親しいというわけではないが、一つの会合から次の会合へ行く時、たまたまその二つが同じだったので、盛田さんの自動車に乗せてもらうことになった。そして夫は帰って来ると、盛田さんの車の中には、自動車電話が掛ける専用と秘書が受ける専用の少なくとも二本以上あって、会合の席から会合の席へ移動する間が盛田さんの一つの厳しい執務時間なのだと言う。

夫が言ったのは、つまりあれほど厳しい暮らしをするのだから、お金持ちになって当然だということであった。それに比べて自分は怠け者だから、とてもああいう暮らしはできない。

「盛田氏はゴルフだって、自動車電話に電波が入る所でしかしないそうだ」

と夫は言った。当時はまだ自動車電話の電波外区域というのがけっこうあったのである。

つまり世も羨むような成功に到達した人というのは、もちろん幸運もあるだろうが、私の夫だったら真平(まつぴら)というような努力を続け、犠牲を払っているのである。盛田氏ほどの世界的大成功ではなくても、昔は皆、それなりに耐えて自分を伸ばさねばならないと知っていた。耐えることは、人生の一部だったのである。

誰もが苦しみに耐えて、希望に到達する。努力に耐え、失敗に耐え、屈辱に耐えてこそ、目標に到達できるのだ、と教えられた。誰も苦しみになど耐えたくない。順調に日々を送りたい。しかし人生というものは、決してそうはいかないものなのだ。さらに皮肉なことに、人生で避けたい苦しみの中にこそ、その人間を育てる要素もある。人を創るのは幸福でもあるが、不幸でもあるのだ。しかし現代は不幸の価値は認めない。だから苦しみが必要な仕事は避け、努力が要るものは学ばなくなった。少なくとも昔に比べると、プロの比率が減り、アマばかりになった。「昔はいた」という仕事師が、皆無ではないにしても、ぐんと減ったのである。

日本という国家に未来はあるか、と一部の人はほんとうに心配している。「世界国家」を実現すれば、日本国など開放してもいい、という夢みる大人が日本にもかなりいる。しかし「世界国家」どころか、アメリカとヨーロッパの先進国、そして日本以外の多くの国々は、まだ統一国家としての意識を持つどころか、部族（家門）の抗争に明け暮れている。全アフリカ、全中南米、全中近東、ほとんどのアジアの国々は、まだ国家全体の繁栄を考えるどころか、自分が属する家族一門の利益しか頭にない。

日本は地下資源もない。国土も広くない。人口の規模もまあまあ中級で目下減りつつある。すると日本が生きて行く道は技術を売り物にするほかはない。言葉を換えて言えば、木工からコンピューターまで、技術が定着していれば日本国と日本人の生きる道はある。石油がなくても、ウラニウムを産しなくても、日本と日本人は世界から必要とされるのである。

それなのに何年も修業して木工職人になるという地道な生き方を選ぶ若者は多くない。植木屋、大工などという職業が要らなくなる社会はない。いわば安定した職業である。農業もそうだ。しかしそうした地道な職業に就いて、何年か学び続けるという意欲を持つ人は少ないらしい。その人がやめたら代わりの人がいない、という技術を持っていてこそ、或る程度の仕事の安全につながるのである。

世界の国々の生きる道は三つしかない、と私はかねがね書いている。圧倒的な政治力か、経済力か、それとも技術力である。いずれにせよ力である。力を悪いものと考える人がいるが、それは現実を見ていない人である。喧嘩の強いのも、長い道のりを歩けるのも、自分の命を他人のために投げだすのも、すべて力の結果である。人のために死ねるのは徳の力なのである。

いずれにせよ、それらの力は一朝一夕に身につくものではない。長い年月そのことに没頭し、寝ても覚めてもそのことを考えているという境地を経ないと、誰もその地点に到達できない。つまりその道のプロになれないのである。プロは食えないということはない。何年も何十年もそのために研鑽を積んで来たのだから、それくらい報われて当然だろう。不景気になっても職を失わずに済む安全を得たかったら、余人を以て換え難い存在になるほかはないのだ。

しかし今の人たちはそうではない。遊びながらこの世を生きて行こうと考える。

先日五十代で働いている一人の女性に、職場ではヒマな時に、どんなことを喋っているのですか？　と尋ねた。ファッションですか？　旅行のことですか？　と言うと、食べ物の話だという。どこへ何を食べに行ったとか、どこそこのおいしいものの「お取り寄せ」をしよう、というような話らしい。確かに食べ物の話なら思想がないから、相手とぶつかることもなくて和やかな空気を保てるのだろう。テレビでも朝から食べ物の話題である。世界中にまともに物を食べていない人間が、恐らく数億人もいるというのに、日本人の関心は征服欲でもなく、金儲けでもなく、性欲でもなく、食欲なのである。これは平和的とも言えるが、原始的生活に戻っているような感じもする。

確かに今の日本人は、恐ろしく幼児化している。精神も幼稚になりつつある。私は年末の一時期をシンガポールのホテルにいて、日本からのテレビはＮＨＫだけで、あとはインドやマレーシア系のテレビを含めて、イギリスのＢＢＣ、アメリカのＣＮＮなど外国で製作された番組を見るほかはなく過ごした。すると否応なく、比べてみるという機能が働くのである。

その結果明らかな特徴が出てくる。日本のＮＨＫ番組は、奇抜な衣装、画面の色の氾濫、着ぐるみの流行、ジェスチャーの多発、女性アナウンサーの甲高い声、可もなく不可もない万人向きの文句のつけようのない平凡なコメント、子供番組でもないのに必ずキャラクターが登場する、などという点において際立っている。

他国の局はもう少し大人だ。ニュースは、熟達したアナウンサーが一人で事実のみを伝え「早く平和になってほしいですね」式の当たり前すぎる感想を口にする人はいない。こんなコメントは、むしろ人生に対する冒瀆だからだ。「早く平和になってくれ」とは、今日買い物や水汲みに行くにも危険が伴い、息子や孫の命が道傍で消えることを恐れ続ける母や祖母だけがほんとうに口にできる呟きだということを知っていれば、第三者が軽々に言うのは無礼に当たるのである。

日本人の多くは、もはや個性を持たなくなった。すべて人の言う通りの型通りの価値観にしがみつき、同じ時間のつぶし方をする。哲学もなく、気概もなく、本を読んで人生を考える努力もしない。与えることは一切考えず、「弱者に優しい世界」を要求する。子供がお菓子や玩具を買ってもらえないと、地団太を踏んで泣き喚くのと同じだ。

この日本社会の幼児化に、私は少し倦（あ）きて逃げ出そうという気になっている。日本のテレビはほとんど見ず、小説もガルシア＝マルケスを読むとほっとする。実生活がないと、小説は必ず空想の世界に逃げ込む。それは鉄則なのだ。しかし身近に実生活の厳しさの実感のない暮らしというものも、日本人のおかれた環境が、どこか過保護で歪んでいるところから出て来ているように私には思えるのである。

カプリ島の豪雨
――退路を視野に入れて生きる大切さ

まだ若い時のことだ。私たち夫婦は初めてイタリアに行った。ローマでお上りさん風の観光日程をこなし、或る日現地で募集しているツアーに参加してナポリとカプリ島へ行くことにした。

主なツアーの客はイタリア人とスペイン人で、英語を話す人種は、私たちのほか、矍鑠（かくしゃく）として姿勢のいい初老のイギリス人の男性一人だった。

ところがその日、カプリ島に着くや否や、天気が急変した。当時はまだ世界的に、天気予報などというものが一般化していなかったのだろう。私たちはどうやら島の頂上にある小さな教会の建物まで辿り着いて雨宿りはできたが、凄まじい豪雨に閉じ込められてしまった。そこには小さな中庭があって、その石垣にはびっしりと日本ではあまり見たことがないような蔓草が生えていた。

　私とそのイギリス人は雨とこの石垣を見ていた。すると突然、彼は私に「この植物は、北は地中海のどこどこから、南はどこまで分布してる」というようなことを言った。それで私はさりげなく夫に日本語で、「この人、もしかすると間諜だった人かもしれないわ」と言ったのである。スパイと言えば相手にわかってしまうからわざと日本語にしたのである。

　雨は一時間以上叩きつけるように降り、私たちは「最後にカプリを発ってナポリへ戻る船は、五時でしたよね」などという会話を交わした。つまり小降りになったらすぐ港を目指して坂を下れば、最終の船に間に合うかもしれない、という感じだったのである。

　私たちは事実そのようにした。言葉が通じるというだけで、私たちは暫定的な運命共同体意識を持っていた。道は数時間のうちに様相を変え、低い石垣の塀は一部が倒れたりしていたが、私たちはそれを泥だらけになりながら乗り越えてひたすら港を目指した。

　途中で私が無意識に元来た道を取ろうとすると、そのイギリス人は私を留めた。

「その道は多分冠水していると思うから、こっちを回りましょう」

私たちはどうやら港まで辿り着き、フェリーに乗り込むと、手すりに並んでやっと脱出して来たカプリの島を眺めた。その時、私は初めて手に怪我をしていることに気がついた。大した傷ではない。石垣の崩れた所を乗り越えているうちに擦り傷を作っていたのである。血も止まっていたし、ハンカチでちょっと保護すればいいだけのことだった。その様子を見ながらこのイギリス人は突然自分の身の上話をした。

その人は昔、軍の小隊を率いて、アラビアの砂漠の一部には、どこにどれだけの大きさのオアシスがあり、何人の人とラクダを養える水量があるかを調べに歩いたことがあった。一種の諜報活動である。水の量だけでなく、そのオアシスの長はどこの家族に属する人で、他のどこの村長と姻戚関係にあるか、同時にそれらの部族はどこの部族と敵対しているか、なども恐らく知る必要があったろう。

そうしたオアシスの一つで、彼は一人の不思議な人物に会った。最初の印象では、その男はベドウィン（遊牧民）の姿をしてはいるが、白人だと思えた。しかし相手に自分を見ても懐かしそうな顔もしないし、しかも彼の手を見た時、この人は相手人としては想像もできないほど荒れていたのである。私の手の怪我を見ているうちに、その人は昔の砂漠での出来事を思い出したのだろう。

彼の最初の印象は正しかった。その人物はアラビアのローレンスと言われたトーマス・エドワード・ローレンスだった。ローレンスは第一次大戦勃発後、情報将校としてドイツ側に参戦したトルコの後方撹乱、トルコ支配下のアラブ民族の反乱を指導し、独立運動にも働いた。その頃の日記だか報告書だかを彼は残しており、その中にこのイギリス人と会ったことが記録されていたことを、この人は後で読んだという。私が彼を「間諜かもしれない」と思った勘も当たっていたのである。

しかし私が今でもこの人について思いだすのは、彼が、まだ雨がそれほどひどくならないうちに私たちとカプリ島の観光ルートを歩きながら、実はそれとなく「退路」を計測していたということだ。その時、もし豪雨になれば冠水して通れない場所が出ると見抜いていたのである。軍にあってはこうした用心は必須のものだが、そうでなくても人生にはいつも退路を視野に入れて生きる姿勢も大切だろう。

突進するだけで退路を考えない人に複雑な平和の構築などできるわけがない。私はどちらかというと、退路ばかり考えていて「進むのをやめておけば退路も要らない」などと滑稽な用心をするたちだが、ほんとうの指揮官や人生の「達者」は、常時綿密に双方向を考えていなければならないものだと思っている。

消失の時代
――格差のない社会などどこにもない

　多くの日本人は、最近の自国の姿に対して「世も末だ」と感じて暮らしている面がある。人間希望だけではバカになるから、絶望は人間の精神にとって必要な要素だとは思うが、日本人が内向的になり、利己主義になり卑小になって、自分が損をせず、自分と家族がとにかく無事に暮らせればそれでいいと思う人が増えているという印象は私にも強い。

　私の子供の頃、「島国根性」といえば、悪い意味であった。物知らずで、自分一人がいいと思っている独善性を表していた。今の日本人は、まさに「島国根性」丸出しになった。私たちの若い頃、世界は一体どうなっているのだろう、と考えて、外国に出たくてたまらなかったものだ。その姿勢は長い間、外国と比較して自国を考えなければ不安になる、というおどおどした姿勢となって残ったが、当時日本は貧しくて、外国を見たいという希望はなかなか叶えられなかった。何しろ長い間一ドルが三百六十円という円安だったので、外国になど行けなかったのである。

それが今ではそうではない。若者の多くは日本の外へは出たくない。外国は犯罪が多く、不潔で病気の恐れもあり、言葉も通じず、食事も口に合わないからだ、という。若いのに、年寄りみたいな保守的な心理状態だ。

そしてほとんど外国を知らずに、外国人も多分、日本人と同じように考え、行動するだろう、と決めて物事を考えている。まさに「井の中の蛙」である。

私は最近の日本を「消失の時代」に突入したと思っている。昔は何気なく、それゆえに素朴に健全に所持していた日本人の特性を、あちこちで失ってしまった。しかしその恐ろしさに気がつかないでいるのが現状だ。

まず日本は世界一の安定した国民生活を享受している。多少の煩わしくない変化はあっても、経済的安定、餓死者のでない生活の保証、電気・ガス・水道の安定供給、優秀な警察による犯罪の少なさ、正確で安全で清潔な公共の交通機関、義務教育の徹底などを享受しているが、それを当然と感じて感謝もない。

してもらって当たり前。少しでも自分が苦労することは政治の貧困として告発しようという甘えの心理は蔓延した。自分の得ている幸運の自覚の消失した時代に入っている。

昔は誰でも、職人として数年間の長い徒弟期間を経て一つの職業に専念し、その道のプロになって一生を終わったものだった。

動機は何にせよ、プロとなればどんな時代にも生きられる。そういう人が最近はほんとうに少なくなったのは、辛い徒弟期間に耐える人がいなくなったからだという。辛抱する力の消失というか、日本の誇るべき職人が消失した時代を迎えたのだ。

私は自分が今までに半世紀以上、四百字詰め原稿用紙で少なく見積もって十五万枚、六千万字を書いた、とこの頃言うことにした。六千万字書けば、私ていどの文章は、誰でも書けるようになるだろう、と思うからだ。文学は同じものを書いているわけではないから、思想も感性も常に新しいものが要るのだが、とにかく書くという行為に関して、私は一人の職人として働いたのだ。

格差はいけない、それは人道に反する、という。しかし格差のない社会などどこにあるだろう。生まれつき健康な人と病弱な人とは、どうしても運命的に分かれる。

生来、明るい性格と暗い人とは必ずいる。しかし私の見るところ、病弱な人は昔は病気から学び、思索的な人間になった。病気がその人を育てたのだ。暗い人は処世術で損をするように見えるが、しかし世の中には表に出ない方がいい仕事をすることもある。作家もその一つだ。しかし今は願わしくない生活の中からも学ぶという姿勢を学校も親も教えない。

美女に生まれる人は一万人、いや百万人に一人の確率だろう。そして皮肉なことに、美女に生まれれば、当初は日の当たる人生を歩くが、最期まで幸せという保証はどこにもない。しかし戦後教育は、絶対にあり得ない平等を要求し、それがあたかも実現できるかのような錯覚を子供に与え、各々の人が自分の立っている地点、自分に与えられた資質を生かすことを指導しなかった。

平等というものは、目指すものではあるが、DNAが一人一人違うということが、平等はあり得ないことを示している。教育が平気で嘘を教えたのだ。

その結果、不運を抱える人に対して国家が助けるのも当然だが、大切なのは、個人の心の優しさだという点は忘れている。個人は、心からの同情、慈悲、現実に恵むことなどができて、初めて人間になる。しかし今の人たちは、「困った人は、国家に助けてもらったらいいんじゃないの？」と組織による救済を当てにする。慈悲の心の消失した、殺伐たる時代になったのである。

国家が不運な人を救う政策を取ることはもちろん必要だ。格差はない方がいいし、格差をなくすように社会が動くことには私も賛成だが、格差があるからこそ、働く意欲を持つ場合もある。金持ちの生活を見れば、今は貧乏でも、いつか自分もああなりたいから努力しようというのは、最も凡庸な奮起の形である。社会主義というものは、徹底して皆が同じ程度の生活を保証するようにもくろんだから、誰も多くは働こうとしなくなった。むしろどうしたら怠けて過ごせるか、ということにだけ、頭を働かせるようになったのだ。

こんなからくり一つ、東京大学法学部を出なくても、朝日新聞を読まなくてもすぐわかることなのに、東京大学法学部を出て朝日新聞を読んでいる秀才の中にも、長い年月頑固にわからなかった人もいたのだ。これはひとえに、現実正視の能力が指導者にさえ消失した証拠である。

格差解消が世界の主流になったから、芸術はどんどん衰えている。もはやレオナルド・ダ・ヴィンチのような芸術家が現れる可能性は皆無に近い。強大な富の格差のみが可能にするパトロネージを行える富豪が消えたからだ。

善か悪か、どちらかだと考える幼い考えが戦後の日本に定着した。物事の両面性を見られる大人の日本人が消失してしまったのだ。

過去には、金持ちが贅沢な暮らしをしたから、日本の陶器の技術も漆芸も、世界的なレベルに達し、それが国富に貢献して来た。現在日本の陶器産業は壊滅状態だという。金持ちがいず、中産階級はお皿を買わない。おかず売り場で買って来た食物を、プラスチック容器のままテーブルに出して洗わずに捨てる。それが恥ではなくなったのである。人を招待して食事をするという習慣もなくなると、きれいな陶器も要らなくなった。その結果、こうした地場産業でありながら、世界的な工芸技術にまで達した独自の陶器製造業も、危機に瀕している。

二〇〇八年度の文化庁の調査結果によると、各国の国家予算の中での文化予算の比率は、フランスが〇・八六パーセント、韓国は〇・七九パーセントである。しかし日本は韓国の七分の一のたった〇・一二パーセントという貧しさだ。パトロンの役を果たす金持ちもいず、文化予算も削って、民主党政権は、日本という国をどれほど貧しくするつもりなのだろう。私は文化という言葉が好きではないので、芸術消失の時代の到来を手を拱いて見ていると言おう。

しかしすべての意識の背後にある最大に危険な現象は、人間は本来性悪なるものだ、という苦い自覚の消失である。最近の多くの日本人、ことに進歩的人権派と自分を見られたい人たちは、自分が善人であることの証明に狂奔している。平和は必ず大きな犠牲を伴い、しかも現世ではなかなか実現しないほどの稀有なものなのだ。しかし外敵は入って来ず、餓死しないだけの生活の基本は守られている日本では、容易に善人ぶることが可能になっている。自分はいささかの悪人だという意識の消失こそ、日本人の魂を堕落させるのである。

至誠不通
——失意挫折を不運と数えてはいけない

　仕事で山口県の数カ所を訪ねた。東京は暖冬続きでコートもなしに出かけたら、岩国の空港の建物を出るや、肌を刺すような寒風に吹かれて縮み上がった。

　私は山口県が好きである。地形は変化に富み、何より瀬戸内海と日本海の両方の海から獲れる魚がすばらしい。その上、町のたたずまいが落ち着いて静かである。沈滞していると言う人もいるが、私は東京の暮らしでも、賑やかな場所がそれほど好きではない。

　町を歩いていると、ここが吉田松陰の土地だということをしみじみ感じる。観光客も皆松下村塾へ行くらしい。私はまともに松陰を読んだこともなく、たださわりの所をほんの二、三カ所覚えているだけだ。「至誠にして動かざる者は未だこれ有らざるなり」というのもあった。

　松陰は三十歳で江戸で処刑された。不運なことがよく身の上に起きる人で、私のように思いがけない幸運があって救われたという記憶が多い者とは違う。その一つは安政元年、ペリーが下田に再航した際、その船に乗せてもらってアメリカに密航しようとしたことが乗船拒否に遭って実現しなかったことだ。松陰が鎖国の日本から逃れて無事アメリカに辿り着いたら、どのような感慨を持ったろうか。それを見られなかったのは、実に残念なことである。彼はその結果、萩の野山獄に繋がれたのだが、多くの秀才は、必ず獄中で、しゃばでは考えられないほどの学問の蓄積をして来る。松陰もその通りであったから、失意挫折を必ずしも不運と数えてはいけないのかもしれない。松陰が終生信じて止まなかった「一誠、一人を感ぜしむ」という信念も、日本人にはよくわかる。現実にそういうケースがいっぱいあった、と私も言える。

　昔、私の知人のアメリカ人の神父が、まだ敗戦の色濃い日本で英語教室をやり、そのついでにキリスト教の布教もしようと考えた。当時英語ができれば、基地の周辺でお土産物を売る小商いもできたし、日本人はラジオの英語教室の時間を聞くのにも熱心だった時代だ。キリスト教は、決して強制的に入信を勧めない。だから英語教室で、人と人とが触れ合うことが必要だったのだろう。

教室を開くのに適した場所は間もなく見つかった。郊外の賑やかな駅前で、帰宅や買い物のついでの人が立ち寄り易い場所だった。ところが地主は、売りたい気持ちはあるのだが、なかなかうんと言わない。神父はまだカタコトの日本語しかできなかったのに、地主の所に出かけて行き、「私たちはお金儲けで土地を買おうとしているのではありません」と事情を説明した後で、「あなたは宝を天に蓄えなければなりません！」と地主に説教した。

聖書など読んだことのない地主はきょとんとした。宝は銀行か郵便局に預けるか、地面に穴を掘って埋めておくもので、天に蓄えるとは善行によって神に嘉（よみ）されることだとは、「わかるわけはないよなあ」と私の夫などは笑っていた。しかしこの奇妙な問答に気圧（けお）されて、地主はついに言い値で彼の土地を売ることにしてしまった。「至誠」は日本ではこうして人の心に通じるのである。

しかしアフリカでは、ほとんど通じないのが普通だ、と思いながら私は萩の町を歩いていた。アラブでもアフリカでも、土地の人たちは頑固に計算高く、自分たちの言い分が通るまでしつこく要求する、というのが普通である。しつこい、ということは聖書によるとセム族社会では美徳であって、日本人のようにあまりしつこいと相手に嫌われる、などという考えはない。

その反面イスラム社会では、日本で考えられないほど、慈悲というものが大きな美徳であり義務とされているから、各人が自分の要求を貫徹しようとするのと同時に、日本人は考えないような恵み方、救い方もする。

しかしたとえば自衛隊がアラブ諸国やアフリカに進駐して、松陰のように「至誠にして動かざる者は未だこれ有らざるなり」などと思っていたり、「一誠、一人を感ぜしむ」でことをやろうとしたら、とうてい部族の間には入っていけないだろう。

最近の日本人は、善良なお坊っちゃまお嬢ちゃまのような人ばかりで、自分に悪意がなければ、相手にはそれがわかるものだと思い込む。しかし相手もまた自分の独自の物差しを持って生きているので、とてもアメリカ人や日本人のものの考え方を理解できない。

松陰をアフリカに連れて行けたらどんなにおもしろかったろう。帰国後の印象を聞きたいものでもあった。誠を信じて三十歳を目前に現世を終えた青年の信念は、着いた当日に壁にぶつかっただろう。しかしそれらのいくつもの絶望的な壁を乗り越えて小さな穴のような心の流通路を作る時、それが初めて現実的な和平への道と言える。そんなものだろう。

萩の寒風の中で、私は極めて現実的なことを考えながら首を竦めて道を歩いていた。

職人国家の無名の名人たち
――教育は強制に始まり、自発的意欲に繋がる

近年私は、世界の国々を三つのカテゴリーで分けた眼で見ている。

第一は、いわゆる政治的国家、私流の言い方をすれば親分国家である。この中には当然、アメリカ、ロシア、中国のような、名か実か、リーダーになりたがる大国意識の好きな国家が含まれる。また少し毛色はかわるが、イギリスもフランスも、文化的に或いは歴史的に、今なお大きな影響力を持つし、エジプトなどはアラブ諸国の中で、歴史的遺産を多く取り込んでいるという意味でも、一種の政治的指導国家の役割を果たして来たのだろう。また人口の多さ、国土の広さなどから見ても、インドも恐らくこのカテゴリーに入れねばならない。

第二のグループが経済的国家、つまり商人国家である。この中には多分イスラエ

ルなども入るし、小さくともシンガポールなどは、その典型的な国家であろう。サウジアラビアなどの産油国、南アフリカのような地下資源に豊かな国も経済的国家と見なされる。

第三のグループが、技術国家、つまり職人国家である。そしてドイツ、イタリア、日本などがこのカテゴリーに入る。

自国が大国と思われたい趣味の人は別だが、私は日本が、市民の間にプロ級の仕事師の魂を持った人材を潜在的に多く抱える職人国家として確固たる地位を占めることを心から歓迎している。うっかり覇権国家になどなると、浮沈が烈しい。しかし島国に位置しながら穏当な職人国家として生きれば、どんな社会構造になっても行く末は安泰なものだ、と思うのである。

つい先日のことである。私は産業機械を作る企業の集まりで講演をしたのだが、その帰りの人込みのエレベーターの前で、一人のメンバーの方からプレゼントをもらった。手にした紙袋の中から慌ただしく取り出した、竹とんぼ、ペーパーナイフ、耳搔きなどで、いずれも手作りの竹製品なのだが、曾野さんにあげようと思って持って来た、と言ってくださった。あまり明るくない廊下でもあったし、他にも人がたくさんおられたので、私は贈り物をじっくり拝見する間もなく、簡単なお礼を言っただけでお別れしてしまった。しかし自宅に帰ってから、その作品を見て私は驚嘆した。

竹とんぼは、まだ上げてみていない。我が家に来た雑誌社のカメラマンは物知りだから、競技用のものではないかと言う。とすると五十メートルほども飛び上がるかもしれず、風のある日にでも上げようものなら遠くに飛んで行ってしまって回収できなくなる、と注意された。竹製のペーパーナイフは、細部に精巧な飾りが施されていて、しかも鞘の作り方がどうしてもわからない。二枚のカーヴを持った竹を貼り合わせたと考えるのが妥当なのだが、どう見ても継ぎ目が見えず、まるでくり抜いたように見えるのである。そして耳掻きは、煤竹の渋い色を選んだものである。技術的な精巧さと美術的な眼が完全に揃っている。

私は今まで仕事で、百二十カ国以上の、主に途上国を歩いた。だから私はあらゆる土地で、自然にその国の民芸的なものも目にしていたことになる。私の父方にも母方にも、美術品や、職人芸的な民芸に惹かれる性癖があった。従兄弟たちの数人が、絵を描き、玄人はだしの版画を楽しみ、骨董に惹かれ、自ら細工物に打ち込む奇妙な趣味まで持っていた。つまり私も彼らも、才能のあるなしは別として、辛抱強く職人として「凝り性」だったのである。

この凝り性というものが、実はそんじょそこらには見当たるものではない国民的特徴なのである。

或るアフリカの国では、修道女たちが、子供に識字教育や、簡単なクロスステッチを使った刺繍などを教えていた。その中の一人のドイツ人の修道女が言ったことがある。

「私はここでこうした子供たちに、長年いろいろなことを教えて来ました。その中で、恐らくドイツ人にも日本人にもできるけれど、彼らにどうしてもできないことがいくつかあることに気がついたんです。それは急いでやる、ということと、正確にやる、ということの二つなんです」

クロスステッチというものは、日本刺繍と違う。とにかく一つの四角い目をバッテンの形で埋めればいいのだから、飛ばすことさえしなければ私のようにお針の下手な者でも必ずできるのである。しかし彼らはいくら教えてもそれができない。×ではなく／か＼か、それとも一目飛ばしになってしまうのである。

私はアフリカでは二十五カ国に行った。粗削りで生命力に満ちた民芸の表現はたくさん見たが、数日前私に竹細工をくださった無名の名人が作った程度の精巧な細工など、一個も見たことがない。

精巧な作品を要求する職人的執念と、持続して何年も修業する才能とが、綿々として千数百年近くも続いたからこそ、日本には精緻を極めたＩＴ産業が生まれたのである。それこそが日本の実力であり、宝だと私は信じている。近年そうした気風が次第になくなりつつあるというが、それでも日本人のＤＮＡの中には残っていると私は信じたい。

政治も国防もよくわからない一人の市民として、私は時々妄想として近隣諸国が日本に攻め込む可能性を恐れることがある。マンガだと笑う人がいるだろうが、私は妄想に生きる作家だから許してもらうことにしよう。近隣諸国の日本侵略の意図はたった一つ、日本を自国領にすることだ。資源目当てではない。日本には水と土と、もしかすると「いい湯だな」を実現する温泉がたくさんあるだけで、ろくな地下資源はない。しかし世界最高の資源が一つある。この世界一有能な職人としての一億余人の日本人そのものである。

日本を占領して、日本国内の工場で日本人に、ロシア産や中国産の製品を作らせれば、たちどころにそれらの製品の精度は上がるだろう。悲しい性だが、そうなれば、敵国の産物でもいいものを作ろうとするのが日本人のDNAなのである。ただ近年の日本人は堕落して、何十年も一つ道を追求する執念が無くなっているというから日本占領はやめた方がいいと忠告しておきたい。

就職難だとは言うが、伝統工芸の世界では、あちこちで技術を継いでくれる跡継ぎがいないという嘆きを聞く。だからそういう特殊な技術を何年がかりでも身につけようという青年は、必ず就職先があるに違いないのだが、それでも職がないと言う。

日本人の優れたところは、ノーベル賞受賞者を、アジア人としては比類ない多さで出しているということだけではない。先日八王子でアワビを育てている企業家の話が、テレビで紹介されていた。「森のアワビ」と言うのだそうだ。少なくとも海から海水を運ぶのかと思っていたら、土地の水に安い塩を袋からざあっと入れて海水と同じ配分を作り、それに稚貝を入れている。

今のところは、こうした賢くて意欲のある人が、あらゆる教育制度の不備などものともせず、日本の津々浦々にいることとだろう。とにかく日本人は、性向としてはものを創るのが本能的に好きなのだ。しかも工夫して、常に改良に改良を重ね、完璧なものを作る過程を楽しむ。優秀な技術を生み出すことが、彼らの快楽なので、世界的名声などどうでもいい。彼ら自身が自分の作品の批評家なのである。こうした人々が日本人の本性であり、世界的に貴重な「資源」なのである。

辛さに耐えて、プロとしての長い道のりを歩くことができる根性を、教育も意識して育てることが必要だ。教育は自発的でなければならない、などという間違いが、日教組教育の時代には看過された。しかしあらゆる教育は、幼時は強制に始まり、それが自発的意欲に繋がる。作家になれるかどうかは、昔から「運、鈍、根」だと言われた。運がなければだめなのだが、適当に頭が悪くて、しかし長く一つことを持続できる辛抱強さも同じくらい大切なのだ。日本の運命もまさにこの原則に従っている。

まだ終わりにはならない
――最悪を想定して、それよりよければ喜ぶ

二〇一一年の日本は、「千年に一度」の災害といわれる東日本大震災から、復興に向かうことになった。最大の問題は福島の原発事故の処理で、それは間違いなく大きな仕事だが、日本の経済を根本から崩すほどのものではないだろうと、私は思っている。理由は簡単だ。日本人は能力があり性格がいい。しかも極端な利己主義者ではない。この二大要素を兼ね備えた民族などというものはほとんど世界にいないからである。

確かに災害は「千年に一度」の規模だったのだろうが、この言葉は「千の風になって」というのと同じくらい根拠がなく感傷的で、私は好きではない表現だ。

日本が衝撃に見舞われたのは事実である。病気でいうと、決して軽度とはいえな

い脳梗塞か脳出血に見舞われて、体に片側麻痺の後遺症も残ったと言っていいだろう。だから半身不随が長く残るのではないかと思われているが、幸いにも日本は東西に長く、南北にも広がった島国である。被害を大きく見ても、青森県から千葉県あたりまでが災害を蒙ったとしても、北海道も、東京都以西も比較的、無傷で残った所が多い。関西は阪神・淡路大震災の傷から既にほとんど立ち直っている。時差で傷を治した後なのだから、脳血管障害にしても体の片側は健全な力を残して機能している。

もともと日本の海は、国の「左右」で太平洋と日本海と二つに分かれ、今回の震災で機能を失った原発事故は東海岸で発生した。偏西風を考えれば、基本的には放射性物質は東の海の方角に運ばれる公算が強く、これも幸運と言うほかはない。

さらなる幸運もある。震災後、被災現場には雪まじりの零下の気温がかなり長く続いた。しかし三月下旬まで来れば、春はもうすぐそこなのだ。これは地震が一月末や二月半ばに起きた場合とはずいぶん違う。これから夏に向かって、気温は温かくなり、生活を建て直しやすい時期に当たっている。

しかし最大の幸運は、私たち日本人が、最高に信頼に足る上質な一億人の同胞を持っていたことだ、と私は深く感謝している。

自衛隊、警察、消防、東京電力関係者、その他、民間のあらゆる人々のほとんどが、危険の故に職場放棄をしなかった。その心にあった思いを私は推測することはできず、今私にできるのは感謝だけなのだ。

戦後の日教組的教育や、進歩的文化人が、「人のために命を棄てるなどというのは、資本家や軍部（時には皇室）の利益のために使われるようなものです」と若い人たちに教えたが、その言葉の嘘を、健全な人々は肌で感じていたのだろう。

事故の収拾のために、そうした人々が整然と出動して行った時、私の心に自然に浮かんだのは万葉集の山上憶良（やまのうえのおくら）の次の歌であった。

「士（おのこ）やも　空（むな）しかるべき　万代（よろずよ）に　語り継ぐべき　名は立てずして」

この歌は戦争中に育った私たちは皆よく知っているのだが、若い世代の読者のために現代語訳をつければ、こういうことになる。

「男子たるものが、空しく終わってよいものか。万代に語り伝えられるに足る名前を立てもせず（つまり立派な行為もせずに）」

というような意味である。

私も現代人だから、自由な心の表現と、人間の卑小さを表に出すことをあまり恥じない文化に染まって生きて来た。だから男（人間）として立派に死にたいという思いと、家族のために何としても生き延びたいという思いとが、同時に人の心の中でせめぎ合うものだとも思っている。その分裂した辛さこそ、この上なく自然でいとおしいものだ。だから原発の現場に出動した彼らは、人間として実にいい顔をしていた。そのほか、あらゆる立場で働いていた日本人は、男性も女性もすべて普段になくいい顔を見せてくれた。美男美女だった。

人間はいつかは一度死ぬ。誰もその運命を逃れた人はいない。もちろん私などはっきりと、若い人を救って老年の私は見捨ててもらうことを承認している。こと私一人に関する限り、なけなしの薬も危険な救出も望まない。私も夫も、もう充分生きた、と感謝をもって納得しているから気楽なものだ。

この山上憶良は下級官僚だから、山上臣（やまのうえのおみ）憶良と書くのが正しいのだそうだ。しかしこの歌は、彼が病気だった時に、藤原朝臣（ふじわらのあそみ）八束（やつか）という人が見舞いの使者を送った時、かなり威勢の悪い顔つきで、詠んだ歌だという。

しかしそういう背景を考えなければ、この歌は、一種の普遍的な日本人の美学になっていた。西欧のキリスト教社会なら、消防士は聖書のいう「友のために自分の命を捨てること、これ以上に大きな愛はない」（「ヨハネによる福音書」15・13）という言葉によって危険な場所に突入する。しかし日本人は万葉集だ。いずれにせよ、人の生涯にはただ生活の手段だけではなく、生きる美学も終わる美学も要るのだ。それが今回、すべての人にとは言わないが、多くの人の胸の中で自然に、何千年も昔の蓮の種が芽を出すように蘇ったように見える。まことに慶賀すべきことだ。

誰もが言うことだが、阪神・淡路大震災の時と同じように、地震後も、略奪、放火、騒擾などの被害は皆無と言ってよかった。普段と同じか、それより少ないくらいの軽い犯罪しか出なかった。これは、どこの国でも考えられないことなのだ。

ことに私のように何十度も、世界の貧困国の実態を見て過ごした人間には、奇蹟のように映る。私は文章で生きる人間だが、今回も映像の偉大さを改めて感じた。津波の大きさにも打たれたが、救援物資が、鍵の掛かった倉庫にではなく、他に人の気配も見えないような空間に整然と積み上げられていて、それを盗む人もいなかったのだ。

飢餓の年のエチオピアに、私はいた。ＮＡＴＯ軍が空から穀物の袋を投げると、まず四割の袋は多かれ少なかれ破れて、中身の一部が散乱した。大袋は管理者が持ち去って公的な搬出作業が終了すると、人々は我がちに、それこそバッファローかヌーの大群のように、砂煙を上げて散乱した麦粒を拾いに走り出した。私はアフリカの大地が揺れ蠢くのを感じた。穀物の粒ができるだけ多く散っている地面を確保するために、女たちは罵り合い、摑み合った。今回、どうして物資に不足している被災地近くで空中投下が行われなかったのか、私は不思議である。ヘリや対潜哨戒機のような速度の遅い航空機を使えば、孤立した村の近くに物資を落とすことができないわけはないだろう。

生きることが動物の究極の目的だから、災害時には摑み合いをし、罵り合って生きる場合もあって当然なのだろう。しかし日本政府は今までのところ、そこまで無力ではなかったから、日本人は動物に堕ちることを避けて、美しい人間を保ち続けられた。地震後も、身内の安否を気にかけながら、食料、燃料、暖を取る衣服もない辛さに耐えるのは厳しいものだったろうが、エチオピアのように数週間、草を食べて生き延びるという人はほとんど出ないだろう。その修羅場のような光景が出現することを未然に防げたことが、つまりは日本の国力であり、同時に日本人の精神力だったのだろうと思う。

各国からの支援は決して断ってはいけないことなのだから、それらを礼儀正しく受け、かつほんとうに成果を上げて帰ったと自覚してもらえるような配慮を、外務省がこの騒ぎの中でできたのか私は余計な心配をしたが、大きな袋を人力でリレーして運び込む作業で、巨漢の「外人さん」が軽々と品物を運ぶ姿を見て「役に立ってますねえ」と感動した人もいた。「お相撲さんだってこの際、出動すれば力仕事を頼めてうんと役に立つのに、どうして出ないんだろう」と言う人もいれば、「お相撲さんは、食料がたくさん要るから、災害地には適していないんじゃない？」とまじめに答えている人もいる。

しかし日本人は、究極的には多分自力で立ち直れる国民なのである。今世界には一九六の国があり、今でもまだ多くの国が独立を希望・要求しているが、こうした天災を見ると、独立などというものは、決してそんなに簡単に可能になるものではない。

私が地震の日以来たった一つ心がけていることは、普通の暮らしの空気、つまり退屈で忙しくて、何ということもない平常心を失わないことだ。いくつかの理事会などが延期になったので、私は外出をしなくてよくなり、退屈のあまり簡単な料理ばかり作っていた。冷凍庫や冷蔵庫の中身をきれいに整理するための絶好の時と感じたのである。

私は決して人が並んで買うようなものは買わなかった。人がつめかける店にも行かない。暴走を止めるという力に少しでも加わることが市民のささやかな義務だと思っているからだ。

しかし市民は必ずしもおちついていなかった。私の住む私鉄の駅前には、大きなモダンなスーパーがあって、地震のすぐ後には、入場制限の人が出るくらいだった。私は歯科医に行ったついでに、町を歩いてみた。これは小説家の務めのようなものだ。そして、あまり人の行かない古くさい小さな店には、新しい大根もお豆腐も、インスタントラーメンも牛乳も、一本九十八円という特別安売りのお醤油まで売っていることに感心した。

人の行く方向に行ったら人生では何も見つからないのだ。人の行かない方向へ行けば、静かな小道でいつもの生活が続いている。梅も花盛り、じんちょうげの匂いが高い。平常心が香っていることを思わせる。

私の住む東京は今までのところ、予定されていた計画停電が一度もない。これには深い理由があると思う。東京には日本国の中枢にあって国政を動かす人たちが多く住んでいるから、連絡の方途を奪ってはならないのだ。人間の生活はしばしば不平等であることを要求される。それに、人は常に最悪を想定して、それよりよければ喜んでいればいい。私はいつもその手で生きて来た。だから何はなくとも多分幸福だった。

日本人は、政府に号令などかけられなくても、恐ろしいほど自発的に節電にも協力するのだ。いつもは電気をつけっぱなしの息子が「お母さん、ここの電気消すよ」と言うのだ、と美容院の奥さんが笑っている。電気があるから、私はヘルマン・ヘッセの『庭仕事の愉しみ』という本を読み出した。私が知らなかったいい詩が紹介されている。

「私たち老人は　果樹垣に沿ってとり入れをし
日に焼けた褐色の手をあたためる。
昼がまだ笑っている　まだ終わりにはならない
今日とここがまだ私たちを引きとめ　よろこばす。」

勇者の苦悩
――すべての人を完全に納得させられる答えなどない

地震に見舞われたために、二〇一一年は日本にとって大きな節目で、二〇一二年はそこから歩き出す年であった。とにかく目標を決めて出発しなければならない。もちろん決めたからといって道が穏やかに開けるものではない。しかし普通の人間なら、青春時代に、失恋、受験の失敗、親や兄弟の境遇の変化など、思ってもみなかった挫折を味わうものである。

東日本大震災の後、私は奇妙なことに疲れていた。毎日、放射能に関する記事を理解しようとして、とうてい不可能なことがわかって来たのである。そんな状態がしばらく続いた後で、私は思い切って放射能や原発の未来について理解する努力をやめることにした。なげやりでそうしたのではない。幸いにも一億二千万人の日本人の中には多くの学者や知識者がいて、その人たちが原発についても皆一家言を持っている。私は彼らに私の運命も委ねようと考えたのである。人は誰でも、自分にわかる分野とわからない分野、できることとできないことがある。何にでも知識を持つのが当然で、何でもできると思う方が思い上がりだろう。人は己の分際を知り、できることで働けばいいのだ、と考えを決めたら、私は爽やかな朝を取り戻した。

しかし私が全くこういう問題について興味を失ったのではない。先頃、新聞各紙は、私がここしばらく正確に知りたかった一キロワット時の発電コストを、初めて手短に教えてくれた。二〇一〇年のデータが最新のものだが、それによると次のようになる。

原子力　最低八・九円
石炭火力　八・九円～九・一円
ＬＮＧ火力　十・四円～十・八円
石油火力　三十五・五円～三十七・一円
風力　九・九円～十七・三円
大規模太陽光　三十・一円～四十五・八円

水力　十・五円

この試算は、政府のエネルギー・環境会議が電源ごとの発電コストを計算している検証委員会が出したものだという。

原子力については従来一キロワット時あたり五〜六円と計算されていたが、事故費用の上乗せもあって「最低でも八・九円」になったのだという。この中で風力がうまくいけば安いと思われそうだが、風評ではあの巨大な風車から人体に有害な電磁波が出るとか、風はどこでも吹くものではないとか、いろいろな説があってこれまた素人の判断できるものではない。

私の身の回りには、最近太陽光に打ち込んでいる人も多いが、この試算によると単価は抜きんでて高い。ただ技術の進歩によって二〇三〇年の見通しでは十二・一円〜二十六・四円くらいにはなるだろうといわれている。しかし大規模でもそれくらいなのだから、各家庭に設置する小規模発電の装置では経済的に合うということにはならないだろう。

もっとも、この手の試算というものは、専門家が知識を結集していっても、なかなかその通りになるものではない。それが試算の運命だ。

黒岩祐治神奈川県知事は、東日本大震災直後の四月十日の統一地方選で、「4年間で200万戸の太陽光パネル設置」を公約として当選した。最初からほんとうとは信じられない数字であった。こういう無責任な予想は、普通の社会なら詐欺師の口にする数字であろう。一票を投じた神奈川県民にも眼はなかったのだ。

現実はどうかというと、就任五カ月で実際の設置台数は八千二百戸、累計で四万八千戸だという。黒岩知事は「4年間で約55万戸、既設を含めても59万戸分」と公約を訂正した。その後、更に公約数を少なくした、という経緯（いきさつ）もあるらしい。太陽光エネルギーが価格として合うものなら、もうとっくに日本の産業界は、手を出していたはずだ。

先般、麻原彰晃を始めとするオウム真理教の信者すべての裁判が終わったと思われていたが、その後もう二人信者が逮捕されて裁判の決着はどうなるか私のような素人には、推測がつかない。その上、歴代の法務大臣は死刑の執行をする人だとか、避けて通る人だとか、その都度話題になっている。

人が人を裁いて死刑にできるのか、という死刑反対論者の説も筋が通っている。

一方、ハムラビ法典の昔から、正義というものはずっと基本的には「目には目を」

だったのだ、という考え方もある。つまり人を殺した人は、同じように殺されても仕方がない。その方が犯罪の抑止力にもなるとする考え方だ。ハムラビ法典の同害復讐法は、決して復讐を奨励するものではなく、復讐の拡大を止める目的だという。相手に片目をくり抜かれた人は、報復として相手の一眼だけなら取っていい。しかし憎しみのついでに、両眼をくり抜いてはならない、と報復の拡大を戒めた。

どちらにも論理がある。そしてどちらも、自分の説と違う処置には満足しない。死刑反対派は、自分たちの説を守れば新たに人を殺すことにはならない、と言う。容認派は、現実問題として大量殺人を犯してあれだけの社会混乱を招いた人たちを、これから先一生、刑務所の中でずっと安穏に暮らさせるのか。世間には刑務所で安泰に老後を送ろうとして、わざと犯罪を繰り返す者もいるのだ、という考えで、無期刑は処罰にならない、と思う。

現行法では法務大臣は、死刑の判決が出たものに対しては六カ月以内に刑の執行をしなければならないことになっているという。しかしそれを個人の良心として拒否する道がないのではない。それは総理大臣から法務大臣就任の要請を受けた時、それを断るという方法である。それだけが合法的に、自分の思想や立場をはっきり示すやり方だ。

しかし大臣という要職には就きたい。でも死刑執行に署名だけはしたくない、というのは甘えた選択だろう。もし人の生死に責任ある形で関与したくないのだったら、世間にたった一つ法務大臣という役職にだけは就かないという道が合法的に残されていたのである。

戦後、私たち日本人は、大きな幸運に恵まれて来た。地域戦争にも巻き込まれず、大旱魃(かんばつ)、大都市が呑み尽くされるような火山の大噴火にも遭わずに済んできた。経済はほぼ右肩上がりで推移し、生活のレベルは世界的な高さを持つようになり、平均寿命も延びた。それはすべての同胞の努力の結果でもあった。しかし、日本人はそれらのことを幸運、幸福と受け止める才能は失っていた。幸福と安全の配当は当然のことだから、感謝の対象ではなかったのである。

人々は「安心して暮らせる」生活を求め、それが可能であると考え、一部の人はその安全と安心が実現されるのが当然と思ったようだ。人間にとって現世で叶わないことが二つだけある。一つが「安心して暮らせる」生活であり、もう一つが死なないことである。

このことは東日本大震災でこんなにも明確に実証されたにもかかわらず、その後もまだこの言葉を使い続けて平気な人たちがいる。どうしたら彼らの夢を覚まさせられるのか、私にはわからない。

死刑を執行してもしなくても、その事件の処理の結果を深く考える人なら、それがすっきりした解決だったとは思わないだろう。どちらにしても、思いが残り、釈然としない辛さに人間社会は耐えなければならないのである。現世を見据えるということは、誰でもがそのような中途半端な結果に耐えねばならないことだ。なぜならすべての人を完全に納得させられる答えなどというものは、存在しないからなのである。

人道主義者は、常に完全な正義、完全な安全、完全な善の世界を追求して意気高らかだが、私はむしろ現実社会の不完全な正義、不完全な安全、不完全な善に耐えつつ、前進を目指して現世にかかわり続ける人の苦悩を察して生きたいと思っている。最善ではない次善の善を求めて常に生き続けることが、現在では実質的に勇気と同義語になっており、それをできるのはほんとうの勇者だということだ。

解説

石川恭三

曾野綾子さんのエッセイを読んでいると、「なるほど、そういうことなのか」と啓発されたり、「確かにその通りだ」と意識の一枚下に眠りかけている所懐が呼び起こされたりする。そして、この「なるほど、そういうことなのか」と「確かにその通りだ」とが私の弛んだ頭の中に鉄砲水のように侵入してくるので、一時入水制限をしなくてはならなくなり、読み続けることを中断することもある。こうして読んだり、中断したりしながら少しずつだが時間をかけて脳の思考回路をリニューアルしているはずなのに、情けないことに、怠けてしばらく使わずに放置したままにしておくと、廃用症候群のように思考回路が思うようにうまく回転しなくなる。そこで、また、本を取り出して読み始めるということを繰り返すことになる。

そのような座右に置いてある曾野綾子さんの本がすでに何冊もあるが、この『人生の原則』もそれらに加わることになる。

本書の中には私自身に置き換えて考えてみて、感銘を受けた言葉がいくつもある。その中から、とくに心に響いた言葉を、医師としての視点を交じえながら取り上げ、所感を述べたいと思う。

「人は常に自分の身にあまる問題を投げかけられて生きる方がいいのかもしれない」

いつものようにしていたら到底手に入らなかったと思われるものを、無理をして頑張ったことで手に入れたことがこれまでに何度となくあった。そんな成功報酬の記憶が、その後の身にあまる問題に立ち向かう際に意欲と勇気をかき立ててくれてもいた。高齢になった今も少し背伸びをしないと手が届きそうにない目標を目指すほうが、精神の姿勢を端正にするのに役立つように思っている。

「私が老化の目安にしているのは、『その人が、どれだけ周囲を意識しているか』

という点にある」

　周囲への関心が薄れ、自分本位に傾いていることが精神的老化の徴候と診て、高齢者の診療に当たっている。気配りがよくきく高齢者には、熟成された緻密な思考プロセスが円滑に運行されていることがうかがわれる。


「老人はもういつ死んでもいい、というこの上ない貴重な自由を手にしている。自分に与えられているものの価値を知って、それを充分に使うことだろう」

「老人はもういつ死んでもいい、というこの上ない貴重な自由を手にしている」と言い切れるまでの覚悟は、恥ずかしながら未熟者の私にはまだできていない。だが、自分の持っている価値を見つけて、存分に使いつくすことをこれからの目標にしなくてはならない、という示唆をこの言葉から得ることができた。


「日本人にとって、すべての不幸はガラス越しなのだ。『かわいそうねぇ』と同情する方は、何の痛みも、寒さも、空腹も感じない」

　まさにその通りだと認めざるを得ない自分を情けなく思っている。そして、このことからの連想で、もしかしたら患者さんの苦しみをガラス越しに見ているようなことを無意識にしろ、まったくしていないと言い切れないのではないかと不安になってきた。

「昔から私はすべて自分の身に起きてしまったことは、意味があるものとして受容することにしている。そのようにして、願わしいものからも、避けなければならないことからも、私たちは学び自分を育てて行くことが健やかな生き方なのだと思っている」

臨床経験が浅い若手の医師はもちろんのこと、ベテランの医師といえども、臨床医であるためには、願わしいものからも、避けなければならないことからも、貪欲に学ばなくてはならないことは言を俟(ま)たない。振り返ってみると、医師としても社会人としても、辛い経験を通して学んだことのほうがその後の生き方にプラスに作用した度合いがはるかに大きいと思っている。

「私は中年以後、他人を理解することはほとんど不可能だと思うようになった。もちろんその人の家庭環境や職業はよく知っている。しかしその人の心の深奥まで知っているということはほとんどあり得ないし、もし知っているなどと思ったら、それは相手に対して失礼なような気さえした」

医師は病気を治すのではなく病人の治療に当たらなくてはならないことは言うまでもない。そのためには患者さんを全人的に理解する姿勢で臨まなくてはならないのだが、思うようにいかないのが現実である。それは診察時間の制約が原因になっているということもあるのだろうが、本質的には患者さんのすべてを理解することが不可能だからなのであろう。

とくに問題になるのはがんの告知である。患者さんが告知を望んでいるのか、望んでいないのかの判断に迷うことがある。長年の付き合いから患者さんを十分理解しているつもりになって、がんの告知の是非を判断して、裏目に出たことが何度もあった。他人を理解することが不可能であることを裏返せば、他人が自分を理解することも不可能なことなのである。

「誰もが苦しみに耐えて、希望に到達する。努力に耐え、失敗に耐え、屈辱に耐えてこそ、目標に到達できるのだ、と教えられた。誰も苦しみになど耐えたくない。順調に日々を送りたい。しかし人生というものは、決してそうはいかないものなのだ。さらに皮肉なことに、人生で避けたい苦しみの中にこそ、その人間を育てる要素もある。人を創るのは幸福でもあるが、不幸でもあるのだ」

これまでの人生で遭遇したさまざまな出来事の起承転結を振り返ってみると、ここで述べられたことのすべてが「確かにその通りだ」と感得できる。中でも「苦しみの中にこそ、その人間を育てる要素もある。人を創るのは幸福でもあるが、不幸でもあるのだ」と看破した卓見に著者の優しさが感じられる。

「自分はいささかの悪人だという意識の消失こそ、日本人の魂を堕落させるのである」

自分の中に悪人の要素がまったくないと思っている人はそれほど多くはいないのだろうが、中には自分は常に正しく、悪いのは他人だと決めつける人もいる。そのような人の魂は多分、相当堕落しているのだろうと思う。この文章を読んで、それなら医師の魂を堕落させているのは一体何だろうかと考えた。そして、「自分はいささかの『未熟者』だという意識の消失こそ、医師の魂を堕落させるのである」という私なりの結論に達した。

私は、研究・教育・臨床を三本柱とする大学病院での勤務が長かったために、読むのは必然的に医学書と専門誌が中心であった。それでも息抜きに小説やエッセイにも小刻みながら時間を割いていた。こうして読んだ本の中で一番多いのが曾野綾子さんの作品であり、それらが本棚二段にぎっしりつまっている。

私が曾野さんの著作に魅了されるのはその内容であることは言うまでもないが、それに加えて、愚鈍な私の頭をどんなにかき回しても出てきそうもない、心の琴線に触れる「言葉」や「表現」がすらっと書き添えられていて、文章全体の品位を高めている点である。この『人生の原則』の中にも随所に珠玉の言葉がちりばめられている。この名著に出会えて幸せな気分になっている。

（内科医・杏林大学名誉教授）

本書は二〇一三年一月、新書判単行本として河出書房新社より刊行されました。

人生の原則

二〇一六年 二 月一〇日 初版印刷
二〇一六年 二 月二〇日 初版発行

著　者　曾野綾子
発行者　小野寺優
発行所　株式会社河出書房新社
〒一五一‐〇〇五一
東京都渋谷区千駄ヶ谷二‐三二‐二
電話〇三‐三四〇四‐八六一一（編集）
〇三‐三四〇四‐一二〇一（営業）
http://www.kawade.co.jp/

ロゴ・表紙デザイン　粟津潔
本文フォーマット　佐々木暁
印刷・製本　中央精版印刷株式会社

Printed in Japan ISBN978-4-309-41436-2

人生の収穫

曾野綾子　41369-3

老いてこそ、人生は輝く。自分流に不器用に生き、失敗を楽しむ才覚を身につけ、老年だからこそ冒険し、どんなことでも面白がる。世間の常識にとらわれない独創的な老後の生き方！ベストセラー遂に文庫化。

なぜか売れなかったぼくの愛しい歌

阿久悠　40913-9

作詞家として手掛けた歌五千余曲。数ある著者の歌の中で、大ヒットはしなかったものの、なぜか忘れがたい愛しい歌。そんな歌が誕生した時代や創作のエピソードを、慈愛に満ちたまなざしで綴る感動の五十篇！

裁判狂時代　喜劇の法廷★傍聴記

阿曽山大噴火　40833-0

世にもおかしな仰天法廷劇の数々！　大川興業所属「日本一の裁判傍聴マニア」が信じられない珍妙奇天烈な爆笑法廷を大公開！　石原裕次郎の弟を自称する窃盗犯や極刑を望む痴漢など、報道のリアルな裏側。

右翼と左翼はどうちがう？

雨宮処凛　41279-5

右翼と左翼、命懸けで闘い、求めているのはどちらも平和な社会。なのに、ぶつかり合うのはなぜか？　両方の活動を経験した著者が、歴史や現状をとことん嚙み砕く。活動家六人への取材も収録。

池上彰の選挙と政治がゼロからわかる本

池上彰　41225-2

九十五のダイジェスト解説で、日本の政治の「いま」が見える！　衆議院と参議院、二世議員、マニフェスト、一票の格差……など、おなじみの池上解説で、今さら人に聞けない疑問をすっきり解決。

小説の聖典（バイブル）　漫談で読む文学入門

いとうせいこう×奥泉光＋渡部直己　41186-6

読んでもおもしろい、書いてもおもしろい。不思議な小説の魅力を作家二人が漫談スタイルでボケてツッコむ！　笑って泣いて、読んで書いて。そこに小説がある限り……。

自己流園芸ベランダ派

いとうせいこう　41303-7

「試しては枯らし、枯らしては試す」。都会の小さなベランダで営まれる植物の奇跡に一喜一憂、右往左往。生命のサイクルに感謝して今日も水をやる。名著『ボタニカル・ライフ』に続く植物エッセイ。

新東海道五十三次

井上ひさし／山藤章二　41207-8

奇才・井上ひさしと山藤章二がコンビを組んで挑むは『東海道中膝栗毛』。古今東西の資料をひもときながら、歴史はもちろん、日本語から外国語、果ては下の話まで、縦横無尽な思考で東海道を駆け巡る！

巷談辞典

井上ひさし〔文〕　山藤章二〔画〕　41201-6

漢字四字の成句をお題に、井上ひさしが縦横無尽、自由自在に世の中を考察した爆笑必至のエッセイ。「夕刊フジ」の「百回連載」として毎日生み出された110編と、山藤章二の傑作イラストをたっぷり収録。

狐狸庵動物記

遠藤周作　40845-3

満州犬・クロとの悲しい別れ、フランス留学時代の孤独をなぐさめてくれた猿……。楽しい時も悲しい時も、動物たちはつねに人生の相棒だった。狐狸庵と動物たちとの心あたたまる交流を描くエッセイ三十八篇。

狐狸庵読書術

遠藤周作　40850-7

読書家としても知られる狐狸庵の、本をめぐるエッセイ四十篇。「歴史」「紀行」「恋愛」「宗教」等多彩なジャンルから、極上の読書の楽しみ方を描いた一冊。愛着ある本の数々を紹介しつつ、創作秘話も収録。

狐狸庵人生論

遠藤周作　40940-5

人生にはひとつとして無駄なものはない。挫折こそが生きる意味を教えてくれるのだ。マイナスをプラスに変えられた時、人は「かなり、うまく、生きた」と思えるはずである。勇気と感動を与える名エッセイ！

狐狸庵食道楽

遠藤周作　40827-9

遠藤周作没後十年。食と酒をテーマにまとめた初エッセイ。真の食通とは？　料理の切れ味とは？　名店の選び方とは？「違いのわかる男」狐狸庵流食の楽しみ方、酒の飲み方を味わい深く描いた絶品の数々！

大野晋の日本語相談

大野晋　41271-9

一ケ月の「ケ」はなぜ「か」と読む？　なぜアルは動詞なのにナイは形容詞？　日本人は外国語学習が下手なの？　読者の素朴な疑問87に日本語の泰斗が名回答。最高の日本語教室。

日本人の神

大野晋　41265-8

日本語の「神」という言葉は、どのような内容を指し、どのように使われてきたのか？　西欧のGodやゼウス、インドの仏とはどう違うのか？　言葉の由来とともに日本人の精神史を探求した名著。

小川洋子の偏愛短篇箱

小川洋子〔編著〕　41155-2

この箱を開くことは、片手に顕微鏡、片手に望遠鏡を携え、短篇という名の王国を旅するのに等しい——十六作品に解説エッセイを付けて、小川洋子の偏愛する小説世界を楽しむ究極の短篇アンソロジー。

言葉の誕生を科学する

小川洋子／岡ノ谷一夫　41255-9

人間が“言葉”を生み出した謎に、科学はどこまで迫れるのか？　鳥のさえずり、クジラの泣き声……言葉の原型をもとめて人類以前に遡り、人気作家と気鋭の科学者が、言語誕生の瞬間を探る！

学校では教えてくれないお金の話

金子哲雄　41247-4

独特のマネー理論とユニークなキャラクターで愛された流通ジャーナリスト・金子哲雄氏による「お金」に関する一冊。夢を叶えるためにも必要なお金の知識を、身近な例を取り上げながら分かりやすく説明。

服は何故音楽を必要とするのか?

菊地成孔　41192-7

パリ、ミラノ、トウキョウのファッション・ショーを、各メゾンのショーで流れる音楽＝「ウォーキング・ミュージック」の観点から構造分析する、まったく新しいファッション批評。文庫化に際し増補。

私の部屋のポプリ

熊井明子　41128-6

多くの女性に読みつがれてきた、伝説のエッセイ待望の文庫化！　夢見ることを忘れないで……と語りかける著者のまなざしは優しい。

天下一品　食いしん坊の記録

小島政二郎　41165-1

大作家で、大いなる健啖家であった稀代の食いしん坊による、うまいものを求めて徹底吟味する紀行・味道エッセイ集。西東の有名無名の店と料理満載。

読み解き 源氏物語

近藤富枝　40907-8

美しいものこそすべて……。『源氏物語』千年紀を迎え、千年前には世界のどこにも、これほど完成された大河小説はなかったことを改めて認識し、もっと面白く味わうための泰斗の研究家による絶好の案内書！

心理学化する社会　癒したいのは「トラウマ」か「脳」か

斎藤環　40942-9

あらゆる社会現象が心理学・精神医学の言葉で説明される「社会の心理学化」。精神科臨床のみならず、大衆文化から事件報道に至るまで、同時多発的に生じたこの潮流の深層に潜む時代精神を鮮やかに分析。

世界一やさしい精神科の本

斎藤環／山登敬之　41287-0

ひきこもり、発達障害、トラウマ、拒食症、うつ……心のケアの第一歩に、悩み相談の手引きに、そしてなにより、自分自身を知るために——。一家に一冊、はじめての「使える精神医学」。

小説の読み方、書き方、訳し方

柴田元幸／高橋源一郎　41215-3

小説は、読むだけじゃもったいない。読んで、書いて、訳してみれば、百倍楽しめる！　文豪と人気翻訳者が〈読む＝書く＝訳す〉ための実践的メソッドを解説した、究極の小説入門。

女子の国はいつも内戦

辛酸なめ子　41289-4

女子の世界は、今も昔も格差社会です……。幼稚園で早くも女同士の人間関係の大変さに気付き、その後女子校で多感な時期を過ごした著者が、この戦場で生き残るための処世術を大公開！

優雅で感傷的な日本野球

高橋源一郎　40802-6

一九八五年、阪神タイガースは本当に優勝したのだろうか——イチローも松井もいなかったあの時代、言葉と意味の彼方に新しいリリシズムの世界を切りひらいた第一回三島由紀夫賞受賞作が新装版で今甦る。

本の背中　本の顔

出久根達郎　40853-8

小津文献の白眉、井戸とみち、稲生物怪録、三分間の詐欺師、カバヤ児童文庫……といった（古）本の話題満載。「四十年振りの大雪」になぜ情報局はクレームをつけたのか？　といった謎を解明する本にも迫る。

幻想図書館

寺山修司　40806-4

ユートピアとしての書斎の読書を拒絶し、都市を、地球を疾駆しながら蒐集した奇妙な書物の数々。「髪に関する面白大全」「娼婦に関する暗黒画報」「眠られぬ夜の拷問博物誌」など、著者独特の奇妙な読書案内。

新・書を捨てよ、町へ出よう

寺山修司　40803-3

書物狂いの青年期に歌人として鮮烈なデビューを飾り、古今東西の書物に精通した著者が言葉と思想の再生のためにあえて時代と自己に向けて放った普遍的なアジテーション。エッセイスト・寺山修司の代表作。

科学以前の心

中谷宇吉郎　福岡伸一〔編〕　41212-2

雪の科学者にして名随筆家・中谷宇吉郎のエッセイを生物学者・福岡伸一氏が集成。雪に日食、温泉と料理、映画や古寺名刹、原子力やコンピュータ。精密な知性とみずみずしい感性が織りなす珠玉の二十五篇。

四百字のデッサン

野見山暁治　41176-7

少年期の福岡での人々、藤田嗣治、戦後混沌期の画家や詩人たち、パリで会った椎名其二、義弟田中小実昌、同期生駒井哲郎。めぐり会った人々の姿と影を鮮明に捉える第二六回エッセイスト・クラブ賞受賞作。

アウトブリード

保坂和志　40693-0

小説とは何か？　生と死は何か？　世界とは何か？　論理ではなく、直観で切りひらく清新な思考の軌跡。真摯な問いかけによって、若い表現者の圧倒的な支持を集めた、読者に勇気を与えるエッセイ集。

こころ休まる禅の言葉

松原哲明〔監修〕　40982-5

古今の名僧たちが残した禅の教えは、仕事や人間関係など多くの悩みを抱える現代人の傷ついた心を癒し、一歩前へと進む力を与えてくれる。そんな教えが凝縮された禅の言葉を名刹の住職が分かりやすく解説。

内臓とこころ

三木成夫　41205-4

「こころ」とは、内蔵された宇宙のリズムである……子供の発育過程から、人間に「こころ」が形成されるまでを解明した解剖学者の伝説的名著。育児・教育・医療の意味を根源から問い直す。

生命とリズム

三木成夫　41262-7

「イッキ飲み」や「朝寝坊」への宇宙レベルのアプローチから「生命形態学」の原点、感動的な講演まで、エッセイ、論文、講演を収録。「三木生命学」のエッセンス最後の書。

「科学者の楽園」をつくった男

宮田親平　41294-8

所長大河内正敏の型破りな采配のもと、仁科芳雄、朝永振一郎、寺田寅彦ら傑出した才能が集い、「科学者の自由な楽園」と呼ばれた理化学研究所。その栄光と苦難の道のりを描き上げる傑作ノンフィクション。

人生作法入門

山口瞳　41110-1

「人生の達人」による、大人になるための体験的人生読本。品性を大切にしっかり背筋を伸ばして生きていきたいあなたに。生き方の様々なヒントに満ちたエッセイ集。

おとなの小論文教室。

山田ズーニー　40946-7

「おとなの小論文教室。」は、自分の頭で考え、自分の想いを、自分の言葉で表現したいという人に、「考える」機会と勇気、小さな技術を提出する、全く新しい読み物。「ほぼ日」連載時から話題のコラム集。

おとなの進路教室。

山田ズーニー　41143-9

特効薬ではありません。でも、自分の考えを引き出すのによく効きます！　自分らしい進路を切り拓くにはどうしたらいいか？　「ほぼ日」人気コラム「おとなの小論文教室。」から生まれたリアルなコラム集。

人とつながる表現教室。

山田ズーニー　40981-8

ここから、人とつながる！　孤独の哀しみを乗り越えて、ひらき、出逢い、心で通じ合う、自分にうそをつかないで、人とつながる勇気のレッスン。「ほぼ日刊イトイ新聞」の「おとなの小論文教室。」から第二弾。

宇宙と人間　七つのなぞ

湯川秀樹　41280-1

宇宙、生命、物質、人間の心などに関する「なぞ」は古来、人々を惹きつけてやまない。本書は日本初のノーベル賞物理学者である著者が、人類の壮大なテーマを平易に語る。科学への真摯な情熱が伝わる名著。